MARIE-CHRISTIN FUCHS

# Mord macht keine Ferien

atb aufbau taschenbuch

Marie-Christin Fuchs ist seit Jahren unter verschiedenen Pseudonymen erfolgreich als Krimiautorin tätig. Sie lebt und arbeitet in Hamburg und hegt eine große Leidenschaft für Miss Marple, die Golden Girls und guten Kaffee. Die Bücher rund um mysteriöse Todesfälle auf Schloss Bucheneck ist ihre erste in Deutschland spielende Reihe – und eine Verneigung vor den unermüdlich neugierigen, cleveren und wunderbaren alten Menschen, die ihren Lebensweg gekreuzt haben.

Aufregung auf Schloss Bucheneck: Im Park der eleganten Wohnanlage für Seniorinnen und Senioren soll eine Kunstausstellung stattfinden. Künstlerinnen und Bildhauer aus der Region bauen überall auf dem Gelände ihre ambitionierten Skulpturen auf: Installationen aus Metallschrott, in Stein gehauene Fabelwesen, übergroße verspiegelte Quader und Kugeln, disharmonische Klangspiele, auf Wasser schwimmende filigrane Glasgebilde, im Boden versenkte Schaukästen. Kein Wunder, dass die Meinungen der Schlossbewohner und auch der Dorfbevölkerung nicht immer wohlwollend ausfallen. Lotte Hansen nimmt das Ganze mit Humor. Doch als sie am Abend vor der Eröffnung durch den Park spaziert, hört sie ein lautes Krachen: Einer der großen verspiegelten Würfel liegt zerbrochen am Boden. Unter den Scherben der Künstler selbst – tot. Die Polizei geht zunächst von einem Unfall aus. Doch Lotte hat da so ihre Zweifel …

MARIE-CHRISTIN FUCHS

# Mord macht keine Ferien

Kriminalroman

aufbau taschenbuch

MIX
Papier | Fördert gute Waldnutzung
FSC® C083411

ISBN 978-3-7466-4232-1

Aufbau Taschenbuch ist eine Marke
der Aufbau Verlage GmbH & Co. KG

1. Auflage 2025

www.aufbau-verlage.de
10969 Berlin, Prinzenstraße 85

Bei Fragen zur Sicherheit unserer Produkte wenden Sie sich
bitte an produktsicherheit@aufbau-verlage.de.
Umschlaggestaltung und Motive www.buerosued.de, München
Satz Greiner & Reichel, Köln
Druck und Binden CPI books GmbH, Leck, Germany

Printed in Germany

»Ich *mache* keine Kunst.
Ich halte der Welt nur einen Spiegel vor.«
TIM RÄUBER

»Und wenn du den Eindruck hast,
dass das Leben Theater ist,
dann such dir eine Rolle aus,
die dir so richtig Spaß macht.«
WILLIAM SHAKESPEARE

# 1

Lotte Hansen saß auf der Terrasse ihrer Wohnung und ließ ihren Blick über den weitläufigen Park von Schloss Bucheneck schweifen. Die sonst mehr oder weniger regelmäßig gestutzten Rasenflächen und Beete, zwischen denen sich meist mehr Kaninchen und Vögel tummelten als Menschen, waren zurzeit akkurat gepflegt und an der ein oder anderen Stelle von Skulpturen bewohnt. Keine bloßen Skulpturen, sondern Installationen, wie Lotte gelernt hatte. Kunst im Park – das neuste Projekt der Besitzerin des Schlosses, Freifrau Sandra von Sonneborn. Ein nicht ganz freiwilliges Unterfangen, da es der Freifrau nicht um die Kunst selbst ging, sondern deutlich profaner um die Fördergelder der EU für das Schloss. Jagdschloss Bucheneck war Ende des 19. Jahrhunderts von einem Berliner Industriellen gebaut worden. Und der stimmte der Idee, dass der neue Adel der Welt sich nicht über

Blut, sondern über Geld auszeichnete, aus ganzem Herzen zu. Und auch, wenn er und seine Familie nach dem Ersten Weltkrieg und der Wirtschaftskrise ebenso wenig wie der Adel die Welt regierten, sein Schloss hatte überlebt. Unzählige Besitzerwechsel, zwei Weltkriege und die friedliche Revolution von 1989 hatten die Mauern zwar angeschlagen, doch standen sie immer noch. Schlussendlich wurde ihnen 2017 von der Sonneborn AG neues Leben eingehaucht.

Aber diese Wiedergeburt kostete eine Menge Geld. Geld, das sich die Freifrau und ihre Firma dann von der EU wiederholen wollten. Nur dass die Förderung daran gebunden war, das Schloss regelmäßig für Menschen der näheren Umgebung zu öffnen und zu einem Zentrum für Kultur und Geschichte zu machen. Der erste Versuch, diese Auflagen zu erfüllen – ein regelmäßiger Konzertabend in der Eingangshalle des Schlosses – war im letzten Jahr auf tragische Weise gescheitert. Doch die EU und ihre Prüfungskommissionen kannten keine Gnade, und so musste etwas Neues her. Und dieses Neue stand nun in Form der Werke fünf verschiedener Künstler im Park und in den Nebengebäuden des Schlosses.

Lotte nippte an ihrem Kaffee. Eines musste man der Freifrau lassen, wenn sie einmal einen Plan gefasst hatte, führte sie ihn auch aus. Keine halben Sachen. Sie hatte mit Tim Räuber einen bekannten Künstler und Professor aus Berlin gefunden, der das Zugpferd der Ausstellung sein sollte. Allerdings fehlte es der Freifrau trotz aller Energie und Durchsetzungskraft an einer in Lottes Augen entscheidenden Eigenschaft: Menschenkenntnis. Tim Räuber mochte ein in der Kunstwelt geachteter Mann sein, der die für die Freifrau so wichtigen Beziehungen zu den »richtigen« Leuten, sprich denen mit Geld, hatte – aber er war auch schlicht ein unseliger Sausack.

Lotte stellte die Kaffeetasse ab. Unseliger Sausack – das hätte Hannes zu einem Lächeln gebracht. Wahrscheinlich aber wären ihrem Mann noch passendere Bezeichnungen für Tim Räuber eingefallen, der mit Lotte sprach wie mit einem begriffsstutzigen Kind. Das brachte ihr Alter manchmal mit sich: Einige Menschen verwechselten Bedächtigkeit und Gelassenheit mit Dummheit. Aber Lotte war nicht dumm. Keiner der Bewohner von Schloss Bucheneck war es, wobei sie zugeben musste, dass ihr alter Freund Chris Christiansen zumindest zu dummen Handlungen neigte. Doch meist aus den richtigen Gründen. Also den für ihn richtigen Gründen, die meist mit seinem Ego zusammenhingen. Der ehemalige Schauspieler, der in seiner Rolle als charismatischer Arzt Dr. Himmel in der Fernsehserie »Dem Himmel sei Dank!« über zwei Jahrzehnte hinweg einem Millionenpublikum ans Herz gewachsen war, hatte sich mit Begeisterung zusammen mit der Freifrau in die Vorbereitungen für die Ausstellung gestürzt. Lotte liebte Chris, wie man einen ungezogenen kleinen Bruder lieben musste. Aber gerade machte sie sich einfach nur Sorgen um ihn. Denn diesmal schien er im Begriff zu sein, etwas außerordentlich Dummes, wenn nicht sogar Gefährliches zu tun. Lotte runzelte die Stirn.

In ihrer Wohnung standen zwei gepackte Koffer, und übermorgen früh würde sie ein Chauffeur-Service abholen und zum Flughafen nach Berlin bringen. Von da aus wollte sie nach Florenz fliegen, wo Christianos Sohn sie abholte. Und zum Castello brachte. Sie hatte schon im Frühjahr geplant, wo sie hinwollte, hatte im Internet nach Orten und Hotels gesucht. Vielleicht in den Norden oder eine große Stadt oder …

Sie hatte sich, seltsam unentschlossen, lange Zeit gelassen mit ihrer Entscheidung. Sie wusste, woran es lag. Ohne Hannes zu verreisen würde schmerzhaft sein. Sie hatten ihre Urlaube geliebt. Früher waren sie mit Zelt und Auto für einige mühsam ihrer Arbeit abgerungene Tage weggefahren. Später dann, als sie die Idee für die LoHa-Supermärkte gehabt hatten und das Geschäft immer größer wurde, verbrachten sie meist die Sommerwochen in einem kleinen Ferienhaus an der Nordsee. So konnte ihr Sohn Joost anfangs im Sand buddeln und später auf dem Surfbrett stehen, und Hannes und sie hatten immer noch die Möglichkeit gehabt, bei Problemen schnell in den Geschäftsräumen der LoHa-Märkte in Hamburg zu sein. Als Joost dann nicht mehr mit seinen Eltern verreisen wollte und sie den Großteil der aktiven Arbeit abgegeben hatten, waren sie ganz schön herumgekommen. Und irgendwann hatte eine ihrer Reisen sie nach Italien verschlagen, in ein kleines Dorf in den Hügeln der Toskana. Der kleine Resthof mit den umgebenden Olivenhainen und dem großen Gemüsegarten wurde von Christiano bewirtschaftet, der mit seiner Frau und den Söhnen im nahen Dorf wohnte. Hannes hatte dem Haus, als es noch eine halb zerfallene Ruine gewesen war, den spöttischen Namen Castello – das Schloss – gegeben.

Sie war seit vier Jahren nicht mehr dort gewesen – und hätte es wirklich verkaufen sollen. Vernünftigerweise verkaufen sollen. Vielleicht war dieser Urlaub ihr Abschiedsbesuch im kleinen Castello mit seinen drei Räumen und der fantastischen Aussicht über die Hügel der Toskana. Und da sie der Schmerz an jeden Urlaubsort der Welt verfolgen würde, könnte sie auch ebenso gut an den Ort fahren, wo ein Stück von ihrem und Hannes' Herzen lag. Sie hatte das Rückflugticket noch nicht gebucht. Sollte es zu sehr wehtun, verbot ihr so nichts, auch schon nach einem Tag einfach wieder abzureisen. Ihren Freunden hatte sie nichts von ihren Plänen erzählt, denn weder Ute noch Chris noch Harald hätten sie ohne Widerspruch alleine diese Reise antreten lassen. Sie würde es ihnen am Abend vor ihrer Abreise erzählen oder vielleicht telefonisch mitteilen, wenn sie im Auto saß. Was sicherlich ein feiger, aber ebenso verlockender Gedanke war.

Heute stand aber erst einmal die Eröffnung der Ausstellung an. Und danach würden die Künstler wieder abreisen. Auch der Sausack Tim Räuber, der seinen herablassenden Tonfall Lotte gegenüber erst geändert hatte, als irgendjemand ihm gesteckt hatte, wer Lotte wirklich war, oder wahrscheinlicher noch, wie hoch ihre geschätzte Kaufkraft lag. Seitdem brummte er um sie herum wie eine dicke Fliege um das, worum dicke Fliegen nun mal brummten.

Sie sah zu Räubers großer Installation, die an prominenter Stelle in der Mitte der großen Wiese stand. Mehrere Würfel aus schwarzem Glas, die das Sonnenlicht und den sie umgebenden Park reflektierten, waren dort auf einem Gerüst aus Metallstangen befestigt. Das schwarze Glas hatte etwas Bedrohliches, und die Spiegelung des Schlosses darin war seltsam verzerrt und – leblos. Lotte schüttelte den Kopf. Räuber wusste, was er tat. Keine Frage. An diesen toten Würfeln würde niemand unbeeindruckt vorbeigehen können. Aber sie war sich so ganz und gar nicht sicher, ob es ihr gefiel.

Sie seufzte, stellte die Kaffeetasse ab und griff nach einem Bleistift und dem Stück Pappe, das sie am Morgen aus der leeren Müsliverpackung herausgerissen hatte, und begann zu schreiben.

- *Joost und Hannes besuchen*
- *Zeitung abbestellen*
- *Selin anrufen*
- *Mord verhindern*

Ein neuer Tag erforderte eine neue Liste. So wie sie es seit über sechzig Jahren tat. Und hoffentlich noch einige Jahre weiter tun würde.

# 2

Lotte! Lotte!«

Ute eilte auf ihre Freundin zu, die wie jeden Morgen auf der Terrasse ihrer Wohnung saß und irgendwelche sicherlich sehr wichtigen Listen schrieb. Es war immer noch seltsam, Lotte so alleine sitzen zu sehen. Bis vor einem halben Jahr hatte stets Hannes, Lottes Ehemann, seine alte Cordmütze auf dem Kopf und ein Vogelbestimmungsbuch in der Hand, neben ihr gesessen. Aber Hannes war tot und Lottes sonst so fröhliches Gesicht von Trauer gezeichnet. Doch Ute hatte Neuigkeiten, tolle Neuigkeiten, fantastische Neuigkeiten, die sicherlich auch ihre Freundin zum Strahlen bringen würden.

»Lotte! Er war da. Er hat meine Arbeiten gesehen!«

Sie sprang die kleine Treppe zur Terrasse mit einigen schnellen Schritten hinauf – eine Kunst bei den schmalen Absätzen der Schuhe, die ihr Outfit perfekt machten. Das bestand heute aus einer engen schwarzen Hose und einer weiten, in vielen Farben schimmernden Tunika aus Seide, die Ute an Marokko erinnerte. Ein Tuch aus dem gleichen Stoff hatte sie sich über ihren kurzen Pagenkopf gebunden, und schmale goldene Armreifen klimperten an ihren Handgelenken.

»Er hat sie gesehen, und er hat gesagt, ich habe Talent und …«

Ute holte tief Luft. So lange hatte sie niemandem gezeigt, was sie in ihrem Atelier machte. Anscheinend war die Künstlerin in ihr deutlich schüchterner als die übliche Ute. Aber die übliche Ute kannte sich mit Zahlen aus, mit Logik. Sie wusste zwar auch das Adrenalin zu schätzen, das ihr bei einer gut platzierten Wette auf der Rennbahn oder einer riskanten Spekulation auf Aktien durch die Adern schoss, aber ansonsten war Ute cool. Eine Frau von Welt. Doch wenn es um ihre Kunst ging, war es plötzlich ganz anders. Völlig anders. Da ging es nicht darum, die höchsten Gewinnchancen zu berechnen, Risiko und Nutzen abzuwägen oder die Muster in Reihen von Zahlen zu erkennen. Bei ihrer Kunst ging es um – sie. Und ihre ganz eigene Art, die Welt und die Menschen zu sehen. Und das war sowohl erschreckend wie auch schön. Und als die Freifrau dann vor einigen Monaten mit ihrem

Plan herausrückte, auf dem Gelände des Schlosses die Werke einiger Künstler zu zeigen, hatte sich ein kleines, aber nur schwer zu ignorierendes Sehnen in ihr ausgebreitet. Eine Sehnsucht nach Anerkennung, die mit so viel Angst verbunden war, dass es sie, die sie fast nie vor etwas zurückgescheut war, die immer ihren eigenen Weg gegangen war, erschreckte.

Und gerade jetzt sah sie, wie Lotte eine ihrer gefürchteten Listen merkwürdig schnell in der Tasche ihrer dünnen Strickjacke verschwinden ließ.

Ute setzte sich auf den leeren Korbstuhl neben Lotte und grinste ihre Freundin an. Deren Listen waren eh unwichtig im Vergleich zu den Neuigkeiten, die sie hatte!

»Er war da! Chris hat ihn überredet, und sie standen dann gerade vor meiner Wohnungstür. Wollten meine Arbeiten sehen. Haben mich völlig überrumpelt, aber Chris hat kein Nein gelten lassen. Tim Räuber, er ist ganz langsam durch das Atelier gegangen. Hat sich alles angesehen. Und dann …«

Ute griff nach Lottes Kaffeetasse und trank einen großen Schluck. Ihr Blutdruck war wahrscheinlich eh schon astronomisch, der Kaffee würde den Kohl also nicht fett machen.

»Er hat gesagt, ich bin gut! Ich hätte Talent. Dass er seinem Galeristen von mir erzählen würde!«

Immer noch wurde Ute ganz anders, wenn sie daran dachte, dass ein Professor der Kunsthochschule ihre Arbeiten gelobt hatte.

»Oh, das freut mich, Ute! Das freut mich so sehr für dich.«

Lotte drückte kurz Utes Schulter und nahm ihr im nächsten Moment die Kaffeetasse aus der Hand.

»Darf ich mir denn dann auch endlich einmal ansehen, was du da oben machst? Der Professor und die anderen platzen auch schon vor Neugierde.«

Ute lachte befreit auf.

»Ja, ja. Ich zeige es euch. Es tut mir so leid, dass ich immer so geheimnisvoll war. Aber es ist … mir so wichtig. Und ihr seid mir wichtig.«

»Du bist uns, du bist mir auch wichtig, Ute!«

»Ja, genau. Das ist ja das Problem. Was, wenn ihr meine Sachen toll gefunden hättet? Dann hätte ich mich immer fragen müssen, ob ihr sie wirklich mögt oder nur lobt, weil ihr mich nicht verletzen wollt. Oder ihr hättet sie nicht gut gefunden, und dann hättet ihr lügen müssen. Aus Liebe hättet ihr gelogen, oder? Hoffe ich zumindest.«

Lotte lachte.

»Was im Falle des Professors auf jeden Fall eine Katastrophe geworden wäre. Auch wenn er sich wahrscheinlich die – allergrößte Mühe gegeben hätte.«

Der Professor war der Dritte im Bunde der Freunde und einer der schlechtesten Lügner, die Ute je erlebt hatte. Er war so schlecht, dass der erste und einzige Versuch, eine regelmäßige Pokerrunde auf Schloss Bucheneck zu eröffnen, an ihm gescheitert war. Sie hatten die Wahl, ihn jeden Abend erbarmungslos auszunehmen oder mit geschlossenen Augen zu spielen, um sein Gesicht nicht sehen zu müssen. Obwohl wahrscheinlich nicht mal das ausgereicht hätte, da der Professor seine Freude oder Enttäuschung auch gerne durch kleine schnaufende Laute auszudrücken pflegte.

»Wo ist er eigentlich? Um drei geht es los, oder?«

Um drei würde die Ausstellung offiziell mit einer Rede der Freifrau und einem kurzen Vortrag Räubers eröffnet.

»Harald ist spazieren.«

»Schon wieder? Hat er genug von seinen Büchern?«

Ute wunderte sich nur kurz, strahlte dann aber wieder Lotte an und griff ein zweites Mal nach der Kaffeetasse. Trotz Lottes missbilligendem Blick.

»Ich weiß, wie wir es machen. Ich bereite alles vor, und dann kommt ihr heute Abend zu mir, und ich zeige euch alles. Jonny hat mir erst letzte Woche eine Flasche Champagner geschenkt, wir können anstoßen und dann …«

Sie hielt inne, als sie eine Stimme hörte, die sich dem Schloss nährte. Tim Räuber, der, sein Handy am Ohr, die beiden Frauen auf der Terrasse hinter den Kübeln mit den Büschen nicht zu bemerken schien.

»Und dann hat dieser abgewirtschaftete Schauspieler darauf bestanden, dass ich mir die Kunst seiner guten *Freundin* ansehen soll. Hat mich einfach damit überfallen und mich zu ihr geschleift. Die Frau wohnt auch hier in diesem merkwürdigen Schloss. Sie hat mir ganz stolz ihr Atelier gezeigt. Ich sag dir, die Frau hat Nerven. Steht vor mir wie eine bunt angemalte Bohnenstange und starrt mich mit großen Kuhaugen an.«

Räuber lachte.

»Natürlich sind ihre Sachen fürchterlich. Sie sollte lieber stricken oder Makramee machen oder was auch immer. Warum müssen solche alten Schachteln immer gleich glauben, sie könnten Kunst machen? Entweder man hat es oder nicht.«

Wieder ein Lachen. Ute merkte, wie die Tasse in ihrer Hand heftig zitterte. Wie sie zitterte. Wie ihr ganzer Körper zitterte. Räubers Stimme war weiterhin laut zu hören. Er schien noch nicht mal zu versuchen, leiser zu sprechen.

»Peinlich war es. Natürlich habe ich das Übliche gesagt. Dass sie Talent hat, dass ich dir von ihr erzähle. Immerhin wohnt die Frau hier im schicken Schloss, hat also Geld. Und vor allem ist sie doch so dicke mit der Hansen, und die könnte wahrscheinlich aus ihrer Portokasse deine ganze Galerie kaufen. Mit dir drin.«

Räuber lachte wieder.

»Also sollte sie sich bei dir melden, denk an das Geld. Lob ihre Sachen. Lass deinen Charme spielen, und halte sie hin. Ich melde mich nächste Woche, wenn ich wieder in Berlin bin. Erst einmal muss ich hier in der Provinz die Stellung halten. Wenn du wüsstest, was …«

Räuber war nun außer Hörweite, und Ute starrte Lotte an. In deren Augen stand Mitgefühl und noch etwas anderes, Dunkleres. Wut? Aber Ute selbst spürte nichts. Noch nichts. Sie konnten sehen, wie Tim Räuber den schmalen Weg durch den Park in Richtung Gutshaus ging. Im dortigen Hotel waren die Künstler untergebracht und wurden im angeschlossenen Restaurant versorgt. Utes Wangen brannten.

»Ich muss, ich habe …«

»Ute!«

Sie schüttelte nur den Kopf, löste ihre Finger vorsichtig von der Kaffeetasse, stellte sie ab und stand auf.

Verdammt, das tat weh.

# 3

»Aua!«

Der Professor unterdrückte einen Fluch und rieb sich die Hüfte, mit der er in der engen Besenkammer gegen die scharfe Kante eines Regalbodens gestoßen war. Er wusste, dass er sich lächerlich machte. Immerhin konnte er mit seiner Zeit tun und lassen, was ihm gefiel. Er war emeritierter Professor, Autor mehrerer anerkannter Fachbücher auf dem Gebiet der vergleichenden Religionswissenschaft und Ethnologie – und bis vor einigen Jahren für seine abenteuerlichen Forschungsreisen bekannt. Wer seinen Namen hörte, hatte Bilder von ihm im Dschungel oder in den Ruinen vergangener Kulturen vor Augen!

Aber trotzdem hatte er sich, als er Schritte auf der Treppe gehört hatte, mitsamt seiner Ausrüstung schnell in die kleine Kammer gequetscht.

Sein Herz klopfte, und er presste die Tasche mit

ihrem verräterischen Inhalt dichter an sich. Dem lauten Stakkato der Absätze auf dem historischen Fliesenboden nach war es Ute, die gerade die Treppe herunter und zur Eingangstür hinaus eilte. Lotte trug meist erstaunlich bunte Turnschuhe und die Freifrau wahrscheinlich Tag und Nacht ihre heiß geliebten Reitstiefel. Und außerdem war Ute die Einzige, die mit einer solchen Menge an Energie durchs Schloss stürmte. Und vor allem Ute sollte nicht sehen, was er dabeihatte. Oder daraus schließen, wo er herkam.

Er seufzte und öffnete vorsichtig die Tür. Die Luft war rein. Aus den geöffneten Fenstern des Treppenhauses war Utes aufgeregte Stimme nun von draußen zu hören. Sicherlich war sie bei Lotte.

Neugierig ging er die Treppen hinauf und näher an ein Fenster, als er schon wieder Schritte auf sich zukommen hörte. Was war denn heute hier bloß los?

Panisch sah er sich um. Der Weg zur Kammer war zu weit, unten stand Ute, und von oben näherten sich die Schritte. Es gab keinen Fluchtweg. Dann fiel sein Blick auf die auf dem Treppenabsatz stehende historische Milchkanne, eines der vielen Stücke, mit denen die Freifrau das Schloss dekoriert hatte. War sie hoch genug? Mit Mühe stopfte er seine Tasche hinein und schloss den Deckel so lautlos wie möglich.

»Harald!«

Der Professor fluchte erneut, als er hörte, wer da seinen Namen rief. Jonny Heuer, seines Zeichens nach Vater der Freifrau, die vor ihrer Heirat mit Hubert von Sonneborn ebenfalls eine schnöde Heuer gewesen war. Jonny Heuer, selbst ernannter Antiquitätenkönig, was den Recherchen des Professors nach der Wahrheit sogar ziemlich nahe kam, gehörten ihm doch mehr als zwanzig Läden im ganzen Ruhrgebiet und darüber hinaus. Neuester Bewohner des Schlosses und – ein Gedanke, der im Professor einen Sturm an unterschiedlichsten Gefühlen wachrief – seit Kurzem sehr wahrscheinlich Utes Liebhaber. Verdammt.

Er setzte ein Lächeln auf, von dem er hoffte, dass es unschuldig wirkte, und drehte sich um.

»Jonny – Hallöchen.«

Hallöchen? Wie war das Wort denn so plötzlich über seine Lippen gekommen. Wer, bitte schön, sagte denn Hallöchen?

Jonny Heuer sah wie immer aus, als wäre er gerade frisch einem Filmset entstiegen. Er trug mit Vorliebe helle Hemden mit silbernen Westernkrawatten. Silberne Ringe mit Türkisen an den Händen und die langen grauen Haare zu einem dicken Zopf in Nacken gebunden. Er sah aus wie der reiche Besitzer einer Ranch – wie der reiche und gut aussehende Besitzer einer Ranch. Der Professor, der am Morgen wie immer eine seiner ausgebeulten Cordhosen und ein kariertes Flanellhemd angezogen hatte, seufzte.

»Na, unterwegs gewesen?«

Jonny Heuer lächelte ihn freundlich an. Der Mann war immer freundlich. Schlimmer ging es ja wohl kaum.

»Nein. Also ja, unterwegs. Spazieren, ich war spazieren. Nur spazieren. Im Wald. Vögel beobachten, genau, ich habe Vögel beobachtet.«

Es wurde immer besser. Er sollte einfach schweigen. Heuer sah ihn neugierig an.

»Ich wusste gar nicht, dass das ein Hobby von dir ist. Schön, dass du mal an die frische Luft kommst.«

Dazu wollte Harald besser nichts sagen. Von draußen drang lautes Lachen durch das Fenster zu ihnen.

»Das sind Ute und Lotte.«

»Die beiden scheinen auf jeden Fall einen guten Morgen zu haben!«

Jonny Heuer strahlte ihn an.

»Ute hat gerade Tim Räuber ihr Atelier gezeigt. Es war Chris' Idee, und sie haben Ute einfach überrumpelt. Ich wäre zu gerne dabei gewesen.«

»Was?«

Seit Jahren machte Ute aus dem, was sie in dem

stets sorgfältig abgeschlossenen Zimmer ihrer Wohnung trieb, das sie nur »das Atelier« nannte, ein Geheimnis. Und nun hatte sie es einem Fremden gezeigt, bevor sie es ihren Freunden, bevor sie es *ihm* gezeigt hatte? Der Professor wusste nicht, was er davon halten sollte. Vor allem, da er bei seinen wenigen Begegnungen mit Tim Räuber nicht sonderlich beeindruckt von dem Mann gewesen war. Jonny Heuer schien seine Bedenken nicht zu teilen, denn er zeigte immer noch ein strahlendes Lächeln.

»Ich hab Ute noch nicht gesprochen, aber so wie sich das anhört …«

Sie gingen zusammen zum Fenster, und Harald konnte Utes dunklen Haarschopf neben Lottes grauen Haaren sehen. Ute lachte erneut, glücklich. Der Professor lächelte. Utes Lachen war etwas sehr Schönes.

»Es scheint gut gelaufen zu sein.«

Dann drang eine Männerstimme zu ihrem Fenster hinauf.

»… die Sachen sind fürchterlich … Sie sollte lieber stricken oder Makramee machen … Entweder man hat es oder nicht …«

Harald hielt die Luft an. Ute saß nur wenige Meter entfernt von Räuber hinter den Blumenkübeln auf Lottes Terrasse. Sie musste alles gehört haben. Er trat entsetzt einen Schritt vom Fenster zurück und sah in Jonny Heuers zusammengekniffene Augen.

»Ich bringe ihn um …«

Heuers Stimme war heiser vor Wut. Und dieses eine Mal stimmte der Professor ihm aus ganzer Seele zu.

# 4

Jenny rieb sich die Augen und unterdrückte ein Gähnen. Sie hätte die Mittagsschicht im Liebstöckel wirklich ablehnen sollen, aber ihr Konto war erschreckend leer, und auch wenn sie in dem kleinen Häuschen, das ihr Großvater ihr vererbt hatte, mietfrei wohnte, so mussten doch alle laufenden Kosten bezahlt werden. Allein bei dem Gedanken an die Rechnung für das Heizöl, das sie auch für den nächsten Winter wieder würde bestellen müssen, wurde ihr ganz flau im Magen. Das kleine Haus, ihr kleines Haus, stand im Ort Pfuhlhagen, der wenige Kilometer von Gutshaus und Schloss entfernt war, am Ende einer seit sicherlich vierzig Jahren nur provisorisch reparierten Straße. Die Straße endete in Pfuhlhagen. Sackgasse. Was Jenny teilweise als Omen sah. Das Dorf am Ende der Straße und der Ort, an den sie gekommen war, als ihre Träume ebenfalls zu Ende waren. Wobei der Grund, warum sie in der letzten Nacht zu wenig Schlaf bekommen hatte, ausnahmsweise mal ein schöner gewesen war. Sie lächelte beim Gedanken an ihren kleinen Laptop und das, was sie immer nur ihr und Jaros »Projekt« nannte.

Und bei dem Gedanken an Jaro, den polnischen Historiker, der im letzten Jahr als Hausmeister getarnt für seine Recherchen auf Schloss Buchenecks aufgetaucht war, wurde ihr warm ums Herz. Die letzten Treffen, Arbeitstreffen natürlich, hatten meist damit geendet, dass sie von einem Thema auf das nächste gekommen waren und völlig die Zeit vergessen hatten. Aber Jenny hatte schon einmal den Fehler gemacht, den fürchterlich dummen und zerstörerischen Fehler, eine Beziehung mit einem Kollegen einzugehen. Das würde ihr kein zweites Mal passieren. Jaro war nicht wie ihr Ex, das wusste sie. Aber das Projekt, die Arbeit an der Geschichte Buchenecks und dem Geheimnis um seinen kleinen Friedhof, war ihr und vor allem Jaro zu wichtig, als dass sie sie durch eine Liebelei aufs Spiel setzen würde. Jennys Lächeln wurde breiter: Liebelei, was für ein altmodisches Wort. Aber es passte zu Jaro, und nichts verbot ihr, sich das eine oder andere Mal vorzustellen, wie er sie denn lieben würde.

Sie schüttelte den Kopf. Hier und jetzt war ihre

Aufgabe eine andere. Hier war sie nicht die Journalistin und Autorin Jenny Schäfer, sondern schlicht die Kellnerin Jenny. Und ihre Aufgabe war es, die Mittagsgerichte, die Konstantin, der cholerische, aber äußerst begabte Koch des Liebstöckels, gezaubert hatte, zu den Leuten zu bringen. Und zu verhindern, dass Konstantin selbst die Küche verließ. Was er gerne tat, wenn einer der Teller halb voll zurückkam. In Konstantins Augen ein Verbrechen an seiner Kochkunst. Eine Meinung, die er auch vor den Gästen nicht zurückhielt.

Und da insbesondere einer der Gäste, die gerade ihren angestammten Tisch am hinteren Ende des Raumes einnahmen, auf Konstantins Abschussliste weit, weit oben stand, sollte sie besonders wachsam sein. Denn der Künstler Tim Räuber hatte es am ersten Tag gewagt, Konstantins Rehragout lautstark als besseren Dosenfraß zu bezeichnen, und der junge Aushilfskellner hatte nichts Besseres zu tun gehabt, als das laut in der Küche wiederzugeben. Ohne zu ahnen, was er damit auslösen würde.

*Professor* Tim Räuber, wie er betont hatte, als er im Gutshaus eingecheckt hatte, war nur durch das beherzte Eingreifen einer Spülhilfe, die sich todesmutig zwischen Konstantin und den Gastraum gestellt hatte, einem wenig schönen Schicksal entkommen.

»Bekomme ich hier endlich einmal etwas zu trinken?«

Räuber hatte sich an das Kopfende des Tisches gesetzt und mit seinem Zwischenruf gerade eine der anderen Künstlerinnen mitten im Satz unterbrochen.

Keiner der anderen antwortete ihm, aber Jenny hatte schon bemerkt, dass Räuber keine Zustimmung brauchte, um weiterzureden. Sie trat an den Tisch, lächelte und begann, die Getränke zu verteilen. Die junge Künstlerin bekam ihren Tee als Erste, Räuber seinen Kaffee als Letzter. Und er hatte es nur ihrer Selbstbeherrschung und Professionalität zu verdanken, dass der Kaffee vor ihm auf dem Tisch und nicht in seinem Schoß landete.

Die Künstlerin, die Isabella de Santis hieß und auch aus Berlin kam, wie Jenny aus dem Gästebuch des Hotels wusste, lächelte sie dankbar an und redete dann mit leiser Stimme weiter.

»Ich bin auf jeden Fall fast fertig, es gab ein kleines Problem mit den Kugeln unten am Bach, aber ich habe eine Lösung gefunden.«

Jenny hatte die Kugeln, von denen Isabella sprach, schon bewundert. Die Künstlerin arbeitete, wie Tim Räuber, auch mit Glas. Ein Umstand, der wahrscheinlich ein Grund dafür war, dass der Professor die junge Frau noch abfälliger behandelte als die anderen Künstler. Eine ihrer Installationen bestand aus vielen leuchtend roten Glaskugeln, die unten am Bach, der den Park von Bucheneck von den umliegenden Wäldern trennte, scheinbar aus dem Wasser aufstiegen. An der Stelle, an der im letzten Jahr die Sängerin gefunden worden war. Ob Isabella das wohl wusste? Oder vielleicht war es sogar Absicht, genau dort etwas aufsteigen zu lassen? Auf jeden Fall erinnerten die Kugeln Jenny an fliegende Blutstropfen – und lösten in ihr eine Mischung aus Faszination und Widerwillen aus. Das etwas so Schönes gleichzeitig so bedrohlich wirken konnte!

Jennys Gedanken wurden von einer tiefen, rauen Stimme unterbrochen. Eine groß gewachsene Frau mit breiten Schultern, gekleidet in eine schwarze Jeans und ein verwaschenes schwarzes T-Shirt, die langen, mit grauen Strähnen durchzogenen Haare zu einem Zopf geflochten, trat an den Tisch und setzte sich.

»Entschuldigt, ich habe die Zeit vergessen.«

Jenny warf Merle Hermann ein Lächeln zu. Die Künstlerin arbeitete mit Metall und hatte normalerweise immer irgendein schweres Werkzeug in der Hand. Ihre Skulpturen konnten es in ihrer Größe mit denen Räubers aufnehmen und wirkten auf Jenny wie eine Mischung aus Robotern und Märchenfiguren aus einer apokalyptischen Welt. Zwischen Isabella de Santis' und Merle Hermanns Arbeiten lagen Welten, trotzdem schafften es beide, die Menschen zum Stehenbleiben zu bewegen.

»Was kann ich Ihnen bringen?«

Jenny mochte die Frau, die seit ihrer Ankunft im Gutshaus immer einen offenen Blick und ein ehrliches Lächeln für das Personal hatte.

»Ein Wasser, meine Liebe.«

Man hörte Merle Hermann an, dass sie die letzten dreißig Jahre in den USA gelebt hatte.

Han Liu, dessen Teilnahme, genau wie die von Isabella de Santis, im Rahmen eines Nachwuchsstipendiums stattfand, saß in Gedanken versunken am Tisch und zeichnete wie eigentlich immer in eines seiner kleinen schwarzen Bücher. Seine Arbeiten, Collagen aus Fotos, Zeichnungen und in Miniaturgröße nachmodellierten Gesichtern waren in flachen Glaskästen arrangiert. Glaskästen, die in den Boden eingelassen überall auf dem Gelände des Schlosses verteilt waren. Um ihren Inhalt genauer zu sehen, mussten die Betrachter sich bücken oder in die Knie gehen. Sich kleiner machen. So wie Han Liu die Dinge kleiner machte. Jenny wusste, dass das Nachwuchsstipendium eine Idee von Lotte Hansen gewesen war, die aus dem Hintergrund mehr Fäden in Hinsicht auf Bucheneck zog, als viele der anderen Bewohner wussten.

»Weiß jemand, wo Arne bleibt?«

Tim Räuber hatte Isabella de Santis erneut unterbrochen, und Jenny knirschte mit den Zähnen. Sie kannte solche Machtspielchen aus ihrem alten Leben, aus den Redaktionssitzungen ihrer Zeitung, die nun nicht mehr die Ihre war. Sie konnte sich erinnern, wie sie auch damals, ähnlich wie Isabella es nun tat, zu solchen Provokationen geschwiegen hatte. Tim Räuber, so viel hatte sie verstanden, hatte Macht und war derjenige am Tisch, mit dessen Unterstützung eine junge Künstlerin wie Isabella sicherlich ein ganzes Stück vorankommen würde. Oder mit dessen Ablehnung wahrscheinlich eine Karriere ganz schön ins Wanken gebracht, wenn nicht sogar zerstört werden konnte. Auch Isabella konnte man ein unterdrücktes Zähneknirschen ansehen.

»Er arbeitet wohl noch. Irgendetwas mit den Projektoren in der Scheune scheint nicht zu stimmen.«

»Also ich finde es nicht schlimm, einmal beim Essen nicht auf sein ewig lächelndes Gesicht schauen zu müssen.«

Arne Kaiser war der fünfte und letzte Künstler im Bunde. Jenny hatte mitbekommen, dass sein Name von Chris Christiansen ins Spiel gebracht worden war, der den jungen Mann wohl irgendwoher kannte. Und so hatte der bisher eher unbekannte Künstler Arne Kaiser mehrere der Scheunen des Schlosses in bunte Lichtermeere verwandelt. Jenny war sich sicher, dass Kaisers Installation jede Menge Publikum anziehen würde. Sie waren schön, wobei das Wort nicht ganz stimmte. Ehrlich gesagt erinnerten sie Jenny eher an Weihnachtsdekoration. Schön anzuschauen, keine Frage. Aber sie hatten nicht die Kraft, die die Werke der anderen Künstler ausstrahlten. Auch Räubers Arbeiten waren kraftvoll in ihrer Glattheit und Dunkelheit. Egal, ob man sie mochte oder nicht.

Doch was auch immer man von Arne Kaisers Kunst halten mochte, sie und auch Arne selbst hatten den schönen Nebeneffekt, dass beide Tim Räuber zur Weißglut brachten. Räuber war ein Platzhirsch und Arne mit seiner Welt aus Followern und Fans ein unerwünschter Rivale, an dessen Werken er kein gutes Haar ließ. Nur dass Arne Kaiser sich daran nicht zu stören schien. Arne brauchte die Zustimmung oder das Wohlwollen Räubers schlicht nicht. Was wiederum dessen Wut nur noch schürte.

Als sie zurück in Richtung Küche ging, kam Arne Kaiser gerade zur Tür des Restaurants herein und schenkte ihr ein strahlendes Lächeln. Er sah gut aus, selbstbewusst mit einem charmanten Lächeln, Typ ewiger Lausbube – und baggerte sie seit seiner Ankunft im Hotel trotz ihrer klaren Absage ständig an. Es ermüdete sie, aber das schien er nicht zu merken. Sie nickte ihm nur kurz zu – und versuchte dann, ihn so weit wie möglich zu ignorieren.

Zu viel Ego, zu viele Zähne beim Lächeln. Sie war gespannt, wohin das Ganze noch führen würde. Als sie die Schwingtür zur Küche aufstieß, wurde sie von Konstantins lauter Stimme begrüßt. Er stand am Herd, ein Telefon zwischen Schulter und Ohr geklemmt, und rührte wütend in seinen Töpfen.

»Lieferservice, ja? Als ob ich hier in irgendeinem beschissenen Imbiss kochen würde. Das fehlt mir noch. Bis das Essen drüben im Schloss ist, ist es kalt. Und wer in aller Welt will sein Essen schon lauwarm und in irgendwelche Dosen gestopft essen? Das mache ich nicht, nein. Noch nicht mal für dich, Lotte. Du und Harald müsst eure alten Hintern schon zu mir bewegen. Tut euch gut.«

Jenny lehnte sich amüsiert an den Türrahmen und genoss das Schauspiel. Denn sie wusste, dass der Koch eh keine Chance gegen Lotte haben würde. Niemand hatte eine Chance gegen diese Frau. Aber Konstantin hatte einen Ruf zu verlieren und schlug sich daher tapfer.

»Lotte, ich werde sicherlich nicht …«

Er hielt im Rühren inne und seufzte dann.

»Ja. Ja, das Essen ist in dreißig Minuten bei euch. Ja, keine Pilze. Ich weiß. Aber das ist eine Ausnahme!«

Er legte auf und stieß einen heftigen Fluch aus. Jenny hatte fast Mitleid mit dem Mann – es war einfach unmöglich, sich gegen Lottes Mischung aus Freundlichkeit und Sturheit durchzusetzen.

»Ich kann Lotte das Essen rüberbringen.«

»Nein. Ich brauche dich hier.«

Konstantin wischte sich die mit Tattoos bedeckten Hände an seiner Schürze ab. Bisher hatte Jenny noch nie ein Körperteil des Kochs gesehen, das nicht tätowiert war. Und da sie ihn schon beim Betriebsausflug im letzten Jahr ohne Hemd und in sehr knapper Badehose hatte bewundern dürfen, blieben da auch nicht mehr allzu viele Stellen. Jenny seufzte.

»Konstantin! Die Nachmittagsschicht ist gleich da. Ich bringe noch die letzten Essen raus, und dann kann ich zu Lotte gehen.«

»Ich sagte, ich brauche dich hier! Verfickte Scheiße!«

Dass Konstantin brüllte und fluchte, beeindruckte Jenny nicht mehr. Er war wie einer dieser kleinen kläffenden Schoßhunde. Laut, nervig, aber nicht gefährlich.

»Fluch nicht, die Gäste können dich hören. Und ich bringe Lotte dann das Essen.«

Er grummelte sie an und fing an, mit einem seiner größten Messer auf einen Bund unschuldiger Kräuter einzuhacken. Jenny lächelte. Ohne Konstantin wäre die Arbeit im Liebstöckel nur halb so lustig.

# 5

»Und was sollen wir jetzt machen?«

Der Professor sah Lotte fragend an. Sie saßen zusammen auf der Terrasse und beobachteten, wie im Park gerade die Künstler letzte Hand an ihre Werke legten. Auch Tim Räuber ging mit einem blauen Tuch in der Hand um seine Arbeit herum, wohl auf der Suche nach letzten Flecken. Lotte konnte die Spiegelungen sehen, die Räubers Gestalt auf dem Glas verursachten. Der Mann konnte so lange polieren, wie er wollte, der Dreck würde bleiben. Sie seufzte.

»Ich weiß es nicht, Harald.«

Das Gesicht des Professors war rot angelaufen, und Lotte hatte ihn lange Zeit nicht mehr so wütend gesehen. Das letzte Mal, dass Harald wirklich wütend gewesen war, musste vergangene Weihnachten gewesen sein, das erste ohne Hannes an ihrer Seite. Martin Vogel, der pensionierte Pfarrer aus dem Nachbarort war sie besuchen gekommen, uneingeladen, hatte Lotte seinen Beistand angeboten und etwas von Vergebung und Erlösung erzählt. Harald, dem Martin Vogel schon immer ein Graus gewesen war, war damals mehr als nur laut geworden und hatte den Mann vor die Tür gesetzt. Lotte lächelte leise. Hannes würde sicherlich nicht in irgendeinem Himmel sitzen und beseelt auf die Erde blicken. Ihr Hannes war bestimmt gerade unterwegs und verbrachte zusammen mit Elvis die Zeit seines Lebens. Das hoffte sie zumindest sehr.

»Ich bringe das Schwein um!«

Der Professor hatte das Essen, das Jenny ihnen gebracht hatte, kaum angerührt und ballte immer wieder die Fäuste.

»Das hast du schon mehrmals gesagt. Und ich versichere dir, dass ich deine Wut teile. Aber Rache?«

Die Augen des Professors blitzten entschlossen.

»In vielen Kulturen eine bis heute völlig akzeptable Handlung. Im *Sachsenspiegel*, der ja bekanntlich Anfang des 13. Jahrhunderts geschrieben wurde, war Rache, bei Überprüfung durch eine Art Gericht, ein Umstand, der Mord legitimierte. Und trotz aller frühen Versuche, die eigentliche Rache in eine Strafzahlung, ein Wehrgeld, umzuwandeln, musste jemand, der ein Verbrechen begehen wollte, immer auch Angst vor der Rache des Geschädigten oder seiner Angehörigen haben. Im Alten Testament wimmelt es von Geschichten über Rache – und Gott selbst wird ja zum Rächer erhoben. Mit dem Neuen Testament wird das theoretisch ja anders, aber praktisch änderte sich oft wenig.

Wenn man sich allein die Aktionen der griechischen Götter und ihrer Kinder anschaut! Und in der Literatur wimmelt es von Geschichten über Rache: Die Ilias würde es nicht geben, wenn Achilles nicht seinen Freund Proklames gerächt hätte. Medea, Kriemhild, Shakespeares tragische Helden und erst einmal seine Bösewichte. Ich meine, in Titus Andronicus verarbeitet der titelgebende Held seine Feinde zwar nicht zu Blutwurst, aber zu Pastete. Grundsätzlich ist das Stück ja eine einzige Gewaltorgie, Rache um Rache um Rache. Und dem Publikum hat es gefallen. Heute rümpfen wir vielleicht die Nase, aber ganz ehrlich, mir fallen auf Anhieb mehrere Hollywoodfilme ein, die das gleiche Muster haben und …«

Lotte wusste aus Erfahrung, dass der Professor, einmal in einem Thema gefangen, von allein kein Ende finden würde, und unterbrach ihn einfach. So gerne Harald sich als Held dieser Geschichte sehen würde, er hatte einen entscheidenden Faktor vergessen.

»Glaubst du nicht, dass Ute selbst entscheiden sollte, wie sie damit umgeht?«

Damit hatte sie ihn. Lotte sah, wie er über ihre Frage nachdachte, und wusste, dass er ihr, wenn auch widerwillig, recht geben würde. Die persönliche Entscheidungsfreiheit des Einzelnen war ein hohes Gut für den Professor. Als er schließlich nickte, war Lotte zufrieden. Auch wenn der kleine Teufel auf ihrer Schulter sich danach sehnte, Tim Räuber die Hölle heißzumachen. Sie würde vielleicht weniger direkt vorgehen, nur einige Verbindungen spielen lassen, ein abgesagter Auftrag einer großen Bank hier, eine zurückgezogene Einladung zu einer Ausstellung dort. Aber zum einen widerstrebte es Lotte, die Macht, die ihr Geld ihr gab, so zu nutzen. Macht war mit Verantwortung verbunden. Und sie wusste, dass sie Ute keinen Gefallen tun würde, wenn sie statt ihrer zum Schlag ausholte. Es war Utes Entscheidung, was sie tun würde – oder eben auch nicht. Der kleine Teufel zwickte ihr enttäuscht ins Ohr und verschwand.

Der Professor stocherte lustlos in seinem Essen.

»Wo ist Ute jetzt?«

»Oben in ihrer Wohnung.«

»Mit unserem geschniegelten Trödelkönig?«

»Harald, bitte! Jonny bemüht sich wirklich, nett zu dir zu sein.«

Lotte wusste, wie schwer es für den Professor war, mit dem neuen Bewohner des Schlosses klarzukommen, aber Bucheneck war klein und das Leben deutlich zu kurz, um sich zu streiten. Sie seufzte.

»Und nein, Jonny ist nicht bei Ute. Sie will allein sein, und ich habe vorhin gesehen, wie er mit seinem Auto losfuhr.«

Der Professor starrte Lotte finster an.

»Ich mache mich ziemlich zum Affen, oder?«

»Wenn du mich schon fragst: Ja. Aber da du ansonsten sehr wohl in der Lage bist, Ute und mich als eigenständig denkende und handelnde Menschen wahrzunehmen, sei dir verziehen.«

Jetzt lachte der Professor leise, griff nach ihrer Hand und küsste diese kurz. Dann widmete er sich endlich seinem Essen. Lotte sah hinüber in den Park, wo Tim Räuber weiterhin damit beschäftigt war, die verspiegelten Flächen seiner Skulptur zu polieren. Was brachte einen Menschen wohl dazu, mit so einer Freude andere zu verletzen? Als er sich bückte und auf dem Rücken liegend unter sein Werk kroch, um auch dort alles auf Hochglanz zu bringen, konzentrierte sich Lotte lieber wieder auf das Essen. Der Grund, warum sie sich den Unmut Konstantins zugezogen hatte und das Essen auf ihre Terrasse geordert hatte, war ein ziemlich einfacher. Sie wollte da sein, falls Ute sie brauchte. Und zugegebenermaßen auch da sein, um im Fall des Falles Ute daran zu hindern, auf Räuber loszugehen. Ihre Freundin hatte in ihrer Wohnung eine kleine Pistole, wie sie seit letztem Sommer wusste. Und wenn Ute beschließen würde, ihre Wut nach außen zu lenken und eine große Szene zu machen …

Wahrscheinlich würde sie sich für so eine Aktion in die passende Kleidung werfen. Etwas Dramatisches, Rotes vielleicht. Ihre eigene Variante der jungen Gina Lollobrigida. Sie würde nicht wirklich schießen, nein, dafür war Ute eindeutig zu schlau, aber sie würde Räuber einiges bieten. Lotte seufzte. Das galt es zu verhindern. Nicht, dass sie Räuber das Theater nicht gönnen würde, aber sie befürchtete, dass der Kerl danach auf jeden Fall nachtreten würde. Und es war ihm einmal gelungen, Ute zu verletzen, ein zweites Mal würde Lotte das nicht erlauben.

Der Professor war inzwischen bei seinem Nachtisch angelangt und steckte genüsslich einen ersten Löffel des kleinen Apfelkuchens in den Mund, als ihn ein fürchterlicher Krach zusammenfahren ließ. Lotte sah auf – und brauchte einen Moment, um zu erkennen, was sie nicht mehr sah. Dort, wo vor wenigen Sekunden noch die schwarzen Glaswürfel in die Parklandschaft geragt hatten, waren jetzt nur noch einige Metallstangen zu sehen.

# 6

Freifrau von Sonneborn stand in ihrem in Weiß und Gold eingerichteten Badezimmer und schminkte sich sorgfältig die Lippen. Die Ausstellung würde in weniger als zwei Stunden eröffnet, und sie wusste, was die Presse von ihr erwartete. Sie war Freifrau Sandra von Sonneborn, Liebling der Boulevardzeitungen, Besitzerin von Schloss Bucheneck. Nun ja, im Endeffekt besaß nicht sie persönlich, sondern die Sonneborn AG das Schloss, und diese wiederum war, wie sie im letzten Jahr schmerzhaft hatte feststellen müssen, mittlerweile mehr oder weniger eine Tochterfirma der LoHa-Gruppe. Und die LoHa-Gruppe – das war Lotte Hansen.

Sie hatte es niemandem erzählt, zu groß die Schmach, als Lotte ihr im letzten Jahr die Pistole auf die Brust gesetzt hatte, um diesem verdammten Wissenschaftler die Arbeit auf dem und im Schloss zu ermöglichen. Sie atmete tief aus und entspannte bewusst ihre Gesichtsmuskeln. Wut machte Falten, vor allem auf der Stirn. Und Falten konnte sie zu allem Überfluss nicht auch noch gebrauchen. Sie war trotzdem die Schlossherrin, zumindest in den Augen der Presse. Und sie würde ihnen einen guten und faltenfreien Auftritt bieten.

Aus dem angrenzenden Büro war das Läuten des Telefons zu hören. Die Freifrau stützte ihre Hände auf das Waschbecken und zählte bis zehn. Der AB sprang an, und die flehende Stimme eines Mannes war zu hören. Die flehende und hörbar nicht ganz nüchterne Stimme *ihres* Mannes. Verdammt.

»Mausi. Bitte. Mausi – geh doch ans Telefon. Es tut mir so leid. Ich bin ein Idiot. Ich weiß es ja. Die ganze Sache tut mir so leid! Bitte, lass mich doch nicht mit dieser Maschine sprechen. Mausi? Ich erreiche dich nicht über das Handy. Bitte sprich mit mir!«

Die Freifrau hatte am Tag zuvor, kurz nachdem sie von der *Sache*, wie Hubert es nannte, erfahren hatte, die Nummer ihres Ehemanns auf ihrem Handy gesperrt. Ihres untreuen und völlig verantwortungslosen Nacktmulls von Ehemann. Sie schaute noch einmal in den Spiegel und ging dann in ihr Büro. Huberts Stimme drang immer noch unangenehm weinerlich aus dem AB.

»Ich komme nach Bucheneck, dann kann …«

Sie griff zum Hörer und unterbrach ihn mit leiser Stimme.

»Wenn du es wagst, auch nur einen Fuß nach Bucheneck zu setzen, lasse ich die Hunde auf dich los.«

Die Freifrau hatte zwar gar keine Hunde, nur ihre heiß geliebten Pferde, aber sie würde sich gleich morgen Hunde anschaffen. Große Hunde. Allein um zu sehen, wie Hubert von ihnen durch den Schlossgarten gejagt wurde.

»Aber Mausi …«

»Nein.«

Die Freifrau holte tief Luft.

»Deine Affären waren am Anfang ein Schock. Aber ich bin kein naives Mädchen mehr, Hubert! Und du nicht der Märchenprinz, auf den ich gewartet habe. Das habe ich schnell verstanden, und ich habe mich damit abgefunden. Wir haben eine Abmachung getroffen, weißt du noch?«

»Ja, aber es ist nur so, dass …«

Die Freifrau sprach leise weiter, als hätte sie ihn nicht gehört.

»Die Abmachung war klar: Du, also das untreue Schwein von einem Ehemann, sorgst dafür, dass die Presse nichts von deinen Affären mitbekommt. Ich spiele weiterhin die Rolle der naiven Ehefrau, halte dir den Rücken frei, lächle in die Kameras und kümmere mich um die Geschäfte. Und ich habe meinen Teil der Abmachung erfüllt, ausgezeichnet sogar. Denn ohne mich würdest du dir weder deine hübsche Wohnung in St. Moritz leisten können, noch über ausreichend Mittel verfügen, mit deinen sogenannten Freunden mithalten zu können. Du weißt, was ich aus den kläglichen Überresten deines Familienerbes gemacht habe!«

Wenn ihr Vater ihr eines beigebracht hatte, dann, was es bedeutete, ein Geschäft am Laufen zu halten. Und als sie nach den ersten Monaten als Ehefrau an Huberts Seite gemerkt hatte, wie desaströs es um das Erbe des Letzten der von Sonneborns stand, hatte sie nach und nach die Zügel in die Hand genommen. Hubert winselte nun.

»Ja, natürlich. Ich weiß. Und ich bin dir dankbar, Sandra. Wirklich. Und ich würde natürlich auch dafür sorgen, dass du für die letzten Jahre angemessen entschädigt …«

Sie schnappte nach Luft. Meinte Hubert gerade wirklich …? Ihre Stimme war nun scharf wie ein Rasiermesser. Sie hatte die Nase voll, ein für alle Mal.

»Hör mir mal genau zu, du widerliches Wiesel: Ich habe hier im Tresor einen dicken, sehr dicken Umschlag. Und der Inhalt dieses Umschlages, würde er öffentlich werden, könnte nicht nur mehr als eine Sonderausgabe der Klatschzeitungen füllen, sondern auch die Staatsanwaltschaft interessieren. Du hättest bei einigen deiner Eskapaden wirklich besser aufpassen sollen. Und wenn ich den Umschlag meinen Anwälten überlassen würde, was glaubst du, würde passieren?«

Am anderen Ende der Leitung war nur noch ein hektisches Atmen zu vernehmen.

»Genau. Also sag deiner *Freundin*, dass sie sich eine Hochzeit und den Titel abschminken kann. Und sorge endlich dafür, dass sie aufhört, der Presse jedes jämmerliche Detail eurer ach so großen Liebe zu erzählen. Entweder sie schweigt, oder ich rede!«

»Ich weiß, es tut mir leid, ich weiß auch nicht …«

Hubert stammelte wieder, was es auch nicht besser machte, und die Freifrau verdrehte nur die Augen.

»Und Hubert?«

»Ja?«

»Sollte sie jemals wieder mit einem echten Pelz in der Öffentlichkeit auftauchen, werde ich sie und dich vernichten. Capito?«

Die Freifrau legte auf und holte tief Luft. Alle Jubeljahre meinte eine der Liebschaften ihres Mannes, den Versuch starten zu müssen, die neue Freifrau an seiner Seite zu werden. Aber auch, wenn sie Hubert nicht mal mehr mit der Kneifzange anfassen würde, er war mit ihr verheiratet, und zwar bis der Tod, vorzugsweise seiner, sie trennte. Meistens reichte es, Hubert an seine Pflicht zu erinnern und daran, dass sie die Zügel der Sonneborn AG in der Hand hielt. Aber diesmal war er zu weit gegangen. Vor der Freifrau lag eine aufgeschlagene Zeitung, darin ein Foto von Hubert und einer fremden Frau an seiner Seite. Die Frau trug einen Pelzmantel. Und einen Ring am Finger, der im Blitzlicht der Kamera funkelte. Der Ring war eine Provokation, kein Zweifel. Aber der Pelz, ein echter Nerz, wie die Unterschrift zum Foto hervorhob, war eine Kriegserklärung. Die Freifrau war seit Jahren prominentes und aktives Mitglied bei PETA. Auf einem alten und oft in der Presse abgedruckten Foto trug sie außer einem Plakat mit der Aufschrift »Lieber nackt als Pelz« – nun ja, eben nichts. Was ihr einen Platz auf dem Titelbild einer großen Zeitung eingebracht hatte. Und den Ruf, immer für eine Überraschung gut zu sein.

Und nun steckte Hubert seiner neuen Freundin nicht nur einen Ring an die linke Hand, der deutlich an einen Verlobungsring erinnerte, sondern kaufte ihr auch noch einen Pelz. Einen verfluchten Pelz!

Sie schaute auf, aber nicht einmal das englische Landschaftsbild, das ihr Vater ihr im letzten

Jahr geschenkt hatte und das eine Frau auf einem Pferd durch eine wildromantische Landschaft reitend zeigte, konnte sie beruhigen. Gleich würde die Ausstellung eröffnet werden. Wieder sah sie auf das Bild und seufzte. Es wäre viel schöner, wenn sie statt dieser Ansammlung merkwürdiger Installationen, wie die Künstler ihre Werke ja immerzu nannten, einfach eine Ausstellung mit Landschaftsmalerei des 19. Jahrhunderts hätte machen können. Aber das Leben war nun mal nicht immer einfach. Und Landschaftsmalerei lockte niemanden hinter dem Ofen hervor. Leider. Die Freifrau straffte die Schultern und wollte gerade aufstehen, als ein lautes Krachen, gefolgt von einem noch lauteren Klirren und Scheppern, sie erschrocken zurücksinken ließ.

# 7

Chris Christiansen stand in der Wohnung im zweiten Stock von Schloss Bucheneck vor dem verspiegelten großen Kleiderschrank und betrachtete sich prüfend.

Fast zwanzig Jahre war es nun her, dass er das letzte Mal als Dr. Himmel vor der Kamera gestanden hatte. Er und Dr. Himmel waren in der Zeit der Fernsehserie gleichsam gut gealtert, keine Frage. Die Falten in ihren gebräunten Gesichtern erzählten eher von Abenteuern als von Sorgen. Die fast 1,80 Körperlänge, die Dr. Himmel am Anfang der Serie 1974 gerne in kurzen Shorts und Polohemden präsentiert hatte, waren immer noch gerade und aufrecht, sein Bauch flach und seine Schultern breit. Die dunklen Haare an den Schläfen von weißen Strähnen durchzogen, das Lächeln strahlend weiß und immer noch unwiderstehlich.

Doch die Illusion hielt nur so lange an, bis er die

Luft wieder aus seinen Lungen entweichen ließ und sich entspannte. Sofort wurde das helle Hemd von einem sichtbaren Bäuchlein ausgefüllt, seine Schultern sanken nach vorne, und er wurde trotz aller Mühen zu dem Mann Mitte siebzig, der er nun mal war.

Dr. Himmel war für die Zuschauer und Fans einfach nach Beenden der Serie in der Zeit stehen geblieben. Chris war das leider nicht – und da lag das Problem. Sein Manager hatte ihm, bevor er ihn gefeuert hatte, schonungslos gesagt, dass die Leute Dr. Himmel nun mal nicht als alten Mann sehen wollten. Und er keine Aufträge für Werbung bekommen würde. Die Leute wollten nun mal Dr. Himmel, den Arzt, dem sie blind vertrauten und dessen Lächeln allein an ihrem Krankenbett dazu führte, dass die ausweglosesten Schicksale sich zum Besseren wendeten. Sie wollten den Dr. Himmel, der heldenhaft aus seinem Auto stieg, um eine steile Klippe hinabzuklettern und das verletzte Kind hinauftrug. Ohne zu schwitzen. Sie wollten, und das war vielleicht das Schmerzlichste von allem, den Dr. Himmel, der über die Jahre der Serie »Dem Himmel sei Dank« mehr als nur eine Frau an seiner Seite glücklich gemacht hatte, den Liebhaber, den Verführer, den Macher, den Chef.

Den Weg vieler seiner Kollegen, nach und nach in andere, reifere Rollen zu schlüpfen, war ihm verwehrt. Wer ihn sah, sah nicht Chris Christiansen, sondern Dr. Himmel. Und um in Spielshows und Unterhaltungssendungen eingeladen zu werden, hätte Chris im echten Leben deutlich schlagfertiger und charmanter sein müssen. Dr. Himmel war das bzw. waren es die Autoren und Autorinnen gewesen, die ihm seine Dialoge geschrieben hatten. Ohne Drehbuch war Chris, und das wusste er auch, ohne dass es ihm dieser aufgeblasene Sack von Manager hätte sagen müssen, zu langsam und – zu langweilig. Er konnte spontan keine Anekdoten aus dem Hut zaubern, keine Witze erzählen, keine charmanten Wortspiele machen. Er wusste nicht, was die Hauptstadt von Luxemburg war, und bis er die Frage, die der Moderator ihm stellte, in Ruhe durchdacht hätte, wäre die Sendung schon zu Ende. Es gab einen einzigen Auftritt von ihm, wo er sich für einen guten Zweck einem Moderator und seinen Quizfragen aussetzte, und die Redaktion hatte nach der Aufzeichnung beschlossen, ihn durch den Mann zu ersetzen, der durch einen einzigen Satz in einem Werbespot für eine Versicherung bekannt geworden war.

Entschlossen holte er wieder Luft und richtete sich auf. Was zwar seinem Rücken wehtat, aber deutlich besser aussah. Und für die zwei Stunden, die die Presse gleich auf Bucheneck über die Eröffnung der Ausstellung berichten würden, wäre er wieder einmal der gut gelaunte Schauspieler auf seinem eleganten Altersruhesitz.

Chris schluckte und sank in sich zusammen. Einem Ruhesitz, den er sich in absehbarer Zeit nicht mehr würde leisten können. Das Geld, das er vor drei Monaten für seine Hilfe, wie er es gerne nannte, bekommen hatte, war zum großen Teil für den erneuten Klinikaufenthalt seiner Frau Sanne draufgegangen. Und seine Rücklagen waren seit Jahren immer mehr geschrumpft. Dazu hatten ihm die »Geschäfte« seines Ex-Managers den Rest gegeben.

Sanne wusste nichts davon und durfte davon nichts wissen. Daher hatte er auch die Polizei außen vor gelassen. Bloß kein Skandal, bloß keine neugierigen Fragen.

Er könnte Lotte fragen, natürlich. Sie würde ihm helfen. Aber er konnte sich nicht dazu durchringen. Er war Chris Christiansen, strahlend, erfolgreich, stark. Und gerade Lotte sollte ihn nicht mitleidig ansehen. Wäre Hannes damals nicht gewesen, hätte er Lotte den Hof gemacht.

Wieder sackten seine Schultern ein weiteres Stück nach vorne. So ging das nicht. Er musste an etwas Schönes denken. Sich Mut machen. Immerhin hatte er heute ja schon Ute einmal glücklich gemacht, das konnte ihm keiner nehmen. Sie hatte sich so gefreut, als Tim Räuber ihre Kunst gelobt hatte. Chris war selbst ziemlich erstaunt von dem gewesen, was Ute da in ihrem Atelier alles gemacht hatte. Er hätte mit irgendwelchen bunten, großformatigen, abstrakten Ölgemälden gerechnet. Oder mit kalten, glatten, eleganten Skulpturen. Aber ihre Sachen waren dann schon eine heftige Überraschung gewesen. Aber eine gute. Und er war stolz, dass er Tim Räuber zu ihr gebracht hatte. Eine seiner eindeutig besseren Ideen. Räuber würde Utes Kunst bekannt machen, und sie würde ihm dafür dankbar sein.

Er hatte viele gute Ideen, jawohl! Und eine, über die er sich besonders freute, würde vielleicht auch das Problem mit dem Geld lösen. In wenigen Minuten wüsste er mehr. Er öffnete den Schrank und griff nach einem ebenfalls in hellem Blau gehaltenen Sakko, als es an seiner Tür klopfte. Sein Besucher war pünktlich.

»Moment, Moment! Ich komme. Sofort!«

Doch noch während er versuchte, die Arme in die Ärmel zu bekommen, hörte er durch das halb geöffnete Fenster einen lauten Knall, gefolgt von einem noch lauteren Klirren und Scheppern.

»Was zum Teufel?«

# 8

Isabella wusste, dass es nicht klug war, mit ihren zerbrechlichen Kugeln zu hantieren, während sie so wütend war. Aber die Ausstellung würde bald eröffnet, und sie musste bis dahin auch die letzten der in allen Schattierungen von Rot glänzenden und unterschiedlich großen Glasblasen an den mit Draht verstärkten Zweigen der Weide befestigen. Doch ihre Hände zitterten. Und *er* war der Grund. Räuber. Sie stieß einen italienischen Fluch aus, der ihr gehörigen Ärger ihrer Mutter und einen entsetzten Blick ihres Vaters eingebracht hätte. Aber Räuber hatte es verdient. Er hatte noch einiges mehr verdient, und mit dem Gedanken kam sie zu dem eigentlichen Objekt ihrer Wut. Sie war zwar wütend auf den Mann, aber noch wütender auf sich selbst, weil sie – feige war.

Sie hätte ihn anzeigen sollen vor sieben Jahren, als sie voller Erwartungen als Studentin in eine seiner Meisterklassen gekommen war. Als sie sich wie eine Schneekönigin gefreut hatte, endlich bei dem berühmten Tim Räuber studieren zu können, dem Mann, dessen Ziel es war, Glaskunst auch in Europa in die großen Museen zu bringen. Aber das, was sie dann erlebt hatte, hatte ihre Freude zerstört. Sie hatte keine Angst vor dem – sie suchte in ihrem italienischen Wortschatz nach einer besonders miesen Bezeichnung und fand sie –, aber sie hatte Angst vor dem, was er ihr und ihrer Karriere antun könnte.

Als sie nach der nächsten Glaskugel griff, hörte sie ein fürchterliches und gleichzeitig vertrautes Krachen.

Sie, die in der Werkstatt ihrer Familie in Venedig das Handwerk der Glasbläserei von der Pike auf gelernt hatte, kannte diese Art von Krachen: ein schrilles Klirren, ein beinahe tierisch anmutendes Kreischen. Es war das Geräusch, das ein großes Glasobjekt machte, wenn es zerbrach. Nach einem kurzen Blick auf ihre eigenen Arbeiten, die alle unbeschadet an ihrem Platz hingen und sich sacht im Wind bewegten, stand sie auf. Sie hatte eine Ahnung, was auf dem Gelände des Schlosses so ein Geräusch verursachen konnte. Aus den ersten langsamen Schritten wurde ein Laufen, und oben auf dem kleinen Hügel angekommen, sah sie, was passiert war, und rannte los.

# 9

Merle Hermann schlug mit einem Hammer langsam und systematisch auf die glühenden Enden einer gegabelten Metallstange ein. Aus den Kopfhörern auf ihren Ohren erklang laute Musik. Sie mochte Kopfhörer nicht besonders, sie wollte sich lieber von Musik umtosen lassen. Daheim in New York hatte sie in der alten Fabrikhalle, die ihr Atelier war, große Lautsprecher stehen, deren Bässe sie tief in ihrem Bauch spüren konnte, wenn sie an ihren Werken arbeitete. Aber dort gab es auch weder Nachbarn noch andere Künstler, die sich über den Lärm beschweren konnten. Wenn sie wie jetzt unterwegs war, mussten es also die Kopfhörer tun. Ihre Arbeiten waren aufgebaut und abgeschlossen, das kleine Stück Metall vor ihr würde ihr Hauptobjekt perfekt machen. Gleich würden die ersten Besucher und die Presse auf das Gelände kommen. Sie legte den Hammer beiseite und schob den Metallstab wieder in den mobilen Brennofen, der ihr hier auf Bucheneck dazu gedient hatte, die einzelnen Werkstücke zu erhitzen. Sie hatte die in einem Container aus den USA nach Deutschland verschifften Teile ihrer Werke erst vor Ort zusammensetzen können. Aber es gab Schlimmeres, als im Park des Schlosses zu arbeiten. Das Feuer rauchte immer noch sehr stark, aber das würde sich gleich geben.

Die große Metallskulptur hinter ihr zeugte von vielen Stunden Arbeit, die sie an ebenjenem Ofen verbracht hatte. Ihr Schweißgerät, ebenso unabdingbar für ihre Arbeit, stand einige Meter entfernt. Damit würde sie den Stab gleich noch an der Skulptur befestigen. Das letzte Stück, das i-Tüpfelchen. Neben einigen kleineren Arbeiten, die sie hatte aus Amerika nach Deutschland transportieren lassen, war die große Skulptur hinter ihr die erste Arbeit, die nach dreißig Jahren in den USA wieder auf deutschem Boden entstanden war. Und die war gut, keine Frage. Ein Kritiker der *New York Times* hatte ihre Arbeiten einmal *aus Stahl geformte Wutausbrüche* genannt. Und das stimmte wohl auch. Wenn es ihr gut ging, wenn sie glücklich war, veränderten sich ihre Figuren ebenfalls. Die kurze Phase ihres Lebens, in der sie meinte, ein wenig Glück gefunden zu haben, hatte zu einer Menge Kunstwerke geführt, bei denen der schwere Stahl und das Metall scheinbar zu schweben schienen. Als das Glück zerbrach, fielen auch ihre Werke wieder der Schwerkraft anheim und wurden zu dem, wofür die Kritiker und Sammler sie liebten.

Das neue Werk könnte man in seiner Form vielleicht am ehesten mit einem der windschiefen Bäume vergleichen, die sie auf der Fahrt die Küste entlang gesehen hatte. Große Kiefern, deren seezugewandte Seite gleichsam Trauer trug und deren andere Seite mit ihren schweren Ästen und dem Grün immer Gefahr lief, den ganzen Baum kippen zu lassen. Und nun war ihr eigener Baum aus Metall fast fertig, wurde lebendig. Gleich würde die Ausstellung beginnen, und es galt nur noch, einen allerletzten Handgriff zu tun.

Als sie fertig war und die Verbindung zwischen dem alten und dem neuen Teil langsam ihr rotes Glühen verlor, sah sie aus den Augenwinkeln eine Bewegung. Isabella, die vom Bach aus über die Wiese geeilt kam. Gefolgt von Han Liu, der sie überholte. Vorsichtig legte Merle den glühenden Stab in den Ofen, ließ Zange und Hammer auf den kleinen Amboss sinken und schob die Kopfhörer von den Ohren. Doch statt der erwarteten Stille hörte sie aufgeregte Rufe, einen Schrei. Sie eilte um ihre Skulptur herum, um dann stehen zu bleiben. Dort, wo vor wenigen Minuten noch die schwarzen Würfel Tim Räubers im Sonnenlicht geglänzt hatten, lagen jetzt nur noch Scherben.

# 10

Lotte hatte den Weg zu Räubers nun zerstörter Skulptur so schnell wie möglich zurückgelegt, kam aber zusammen mit dem Professor erst nach der Künstlerin und ihrem Kollegen an. Isabella de Santis und Han Liu starrten mit weit aufgerissenen Augen auf den Haufen schwarzer Scherben oder besser auf das, was unter ihnen zu erkennen war. Und hinter ihnen eilte auch Merle Hermann heran.

»Bleiben Sie zurück.«

Lotte wollte nicht, dass die beiden jungen Leute weitergingen, und vor allem wollte sie ihnen den Anblick ersparen, der sich ihnen unter dem nun leeren Metallrahmen des Kunstwerkes bot. Ein Metallrahmen, an dem noch bedrohlich einige Scherben hingen.

»Harald, würdest du?«

Der Professor war die bessere Wahl – Lotte wusste, dass er auf seinen Reisen schon viel gesehen hatte und in der Lage war, damit umzugehen. Schon vor Lottes Bitte war er vorgetreten. Scherben knirschten unter seinen Schuhen, als er sich langsam zwischen die Stangen vorwagte. Mit dem Schuh schob er einige Scherben zur Seite und kniete sich dann hin. Er streckte seine Hand aus. Auf der Suche nach einem Lebenszeichen. Auf der Suche nach einem Puls. Doch Lotte hatte keinerlei Zweifel, dass er nichts finden würde.

»Rufen Sie einen Krankenwagen. Und die Polizei.«

Der Professor hatte sich an niemanden bestimmten gewandt, doch Han Liu nickte und holte sein Handy hervor. Der leisen Stimme nach, mit der er der Rettungszentrale schilderte, was vorgefallen war, ahnte wohl auch er, dass jede Hilfe zu spät kam. Was aber angesichts der steil aus Räubers Brustkorb und Gesicht ragenden Scherben kein Wunder war.

Der Professor richtete sich erstaunlich gewandt wieder auf, wischte sich die Hände an seiner Hose ab und schüttelte nur den Kopf. Hinter sich hörte Lotte, wie jemand ein Keuchen ausstieß. Sie drehte sich um, doch Merle Hermann war schon neben Isabella getreten und hatte der jungen Frau einen Arm um die Schultern gelegt. Mit einem letzten Blick auf die Reste des Kunstwerkes und seines Künstlers führte sie Isabella weg von den Scherben zu einer der Parkbänke. Der Wind wehte eine Wolke dunklen stinkenden Rauches zu ihnen herüber, die aus dem Ofen von Merle Hermann wehte. Han Liu trat neben Lotte und den Professor. Er war blass und zitterte trotz des warmen Sonnenscheins, der sich in den Scherben zu ihren Füßen brach, die leuchtende Lichtpunkte wie eine Discokugel über sie alle warfen.

»Sie schicken einen Krankenwagen. Ist er …«

Der Professor nickte.

»Ja. Ohne Zweifel. Keine Chance.«

Vom Schloss her waren eilige Schritte auf dem Kiesweg zu hören. Zuerst bog die Freifrau um die Ecke, dicht gefolgt von Chris Christiansen. Lotte stellte sich ihnen in den Weg und hob eine Hand.

»Bleibt besser, wo ihr seid.«

»Warum?«

Die Freifrau funkelte Lotte gereizt an.

»Weil ihr das vielleicht lieber nicht sehen wollt.«

Chris blieb sofort stehen, nickte ihr zu und trat dann vorsichtshalber noch einen Schritt zurück. Er hatte in den fünfzig Jahren, die er Lotte kannte, gelernt, auf ihre Anweisungen zu hören. Doch die Freifrau schüttelte den Kopf und ging an Lotte vorbei zum Kunstwerk.

»Was für eine Scheiße! Wo ist Räuber? Er wird fuchsteufelswild, wenn er das sieht.«

Dann sah sie, was unter den Scherben lag.

»O nein! Nein. Das kann nicht sein!«

Die Freifrau drehte sich um und schaute Lotte vorwurfsvoll an.

»Nicht schon wieder!«

# 11

Vor einigen merkwürdig verloren auf der großen Wiese des Parks von Schloss Bucheneck stehenden Metallstangen sah sie die Leute. Zwei Rettungssanitäter, eine Notärztin. Gut zu erkennen an ihren grellen Hosen und Westen. Untätig – was eindeutig kein gutes Zeichen war. Hier gab es nichts mehr zu retten. Punkt. Keine hektischen Bewegungen, keine schnellen Befehle. Vielmehr Stille. Die Polizeikommissaranwärterin Anna Gruber wappnete sich vor dem, was sie gleich sehen würde. Die Meldung war gekommen, als sie auf dem Rückweg von ihrer Schicht im Auto saß. Nicht mehr ihre Aufgabe, doch Schloss Bucheneck lag auf dem Heimweg, und sie hatte die Anlage und seine Bewohner noch ziemlich genau vor Augen. Der Fall der toten Sängerin. Ein Jahr war es her. Eine Ermittlung, die keine ihrer Kolleginnen so schnell vergessen würde. Und nun schien es, als gäbe es erneut eine Leiche auf Schloss

Bucheneck. Aber auch einen Mord? Sie war kurz vor dem Ende ihres Vorbereitungsdienstes, und es würde auf keinen Fall schaden, als Erste aus den Reihen der Kriminalpolizei vor Ort zu sein und Erfahrung zu sammeln. Also hatte sie sich bei den Kollegen gemeldet und war in die lange, von Bäumen gesäumte Zufahrt zu Schloss Bucheneck abgebogen.

Sie ging langsam näher. Kontrollierte ihre Atmung. Schaltete den Teil von sich ab, der bei dem Gedanken an eine Leiche nur fliehen wollte. Autounfälle waren am schlimmsten. Bei ihren ersten Einsätzen hatte sie sich noch nicht geschützt. Hatte die zerrissenen Körper gesehen – und die Gewalt und das Leid gespürt. Heute wusste sie es besser. Neben den Menschen blieb sie stehen.

Die kleine, grauhaarige Frau mit dem Gehstock und dem entschlossenen Gesichtsausdruck war Lotte Hansen. Der Mann daneben auch ein Bewohner, ein Professor. Sein Name fiel ihr nicht mehr ein. Die Freifrau, unverkennbar in einer engen beigen Reithose, einer Bluse und der gesteppten Weste. Bilder der Freifrau sah Anna oft in den Zeitschriften in ihrer Arztpraxis. Sie sah genauso aus, wie jemand aussehen sollte, der in diesen Zeitschriften abgebildet war.

Niemand sonst stand bei den Sanitätern. Keine weiteren neugierigen Bewohner. Keine Gaffer. Und keine Handys, die erbarmungslos und bar jeden Mitgefühls auf das Opfer gerichtet waren. Sie atmete erleichtert auf. Die Kollegen waren nur wenige Minuten hinter ihr – aber erst einmal lag die Verantwortung bei ihr. Sie sah sich um. Die merkwürdigen Metallstangen standen auf schweren schwarzen Holzbohlen, ehemalige Bahnschwellen der Form nach. Und zwischen den Stangen und auf den Bohlen lagen überall große schwarze Scherben. Und unter den Scherben …

Anna Gruber holte tief Luft und zwang sich, genau hinzusehen. Eine ihrer Ausbilderinnen hatte immer gesagt, ein genauer Blick könnte auch ein Zeichen von Respekt sein. Das Opfer genau zu sehen bedeutete, seine Arbeit gut zu machen. Also sah sie genau hin, unterdrückte eine kurze Übelkeit und trat dann neben die Notärztin, die etwas in ein kleines Heft schrieb.

»Anna Gruber, Kriminalpolizei Rostock.«

Die Ärztin nickte nur und griff dann nach ihrem eckigen, orangenen Rucksack.

»Als wir kamen, war der Mann schon tot.«

Sie sah zu Lotte Hansen und dem Professor, die etwas entfernt standen, und sprach dann weiter.

»Die Scherben müssen die Aorta im Bauchraum durchtrennt haben.«

Sie senkte den Stift und deutete mit ihm auf

Annas Oberbauch. Anna unterdrückte die nächste Welle von Übelkeit.

»Wahrscheinlich mehrfach. Er hatte keine Chance. Nicht bei solchen Wunden. Auch wenn ich direkt vor Ort gewesen wäre, hätte ich nichts mehr für ihn tun können. Er hat viel zu schnell viel zu viel Blut verloren.«

Erst jetzt konnte Anna die Blutflecken auf der Kleidung und an den Händen des Professors sehen. Hatte er versucht, Erste Hilfe zu leisten? Die Notärztin schulterte ihren Rucksack und sah dann Anna fragend an.

»Wir nehmen ihn nicht mit, richtig?«

Anna zögerte kurz und nickte dann.

»Nein, das ist jetzt ein Tatort. Danke.«

Das war das Schlüsselwort. Indem sie das Ganze zu einem Tatort erklärte, übernahm sie die Verantwortung, bis die Kollegen eintrafen. Ein übliches Vorgehen bei einem solchen Unfall. Ab jetzt würde alles dem Protokoll folgen. Und die Leiche würde da liegen bleiben, wo sie lag. Wahrscheinlich noch eine ganze Weile. Die Sanitäter und die Ärztin gingen mit schnellen Schritten in Richtung des Parkplatzes. Der nächste Einsatz würde nicht lange auf sich warten lassen. Anna trat neben Lotte Hansen und die beiden anderen Schlossbewohner.

»Bitte lassen Sie uns etwas zurücktreten. Die Kolleginnen werden gleich alles absperren.«

Doch die Freifrau blieb stehen, stemmte die Hände in die Hüfte und starrte Anna an.

»*Kein* Tatort. Ein Unfall.«

»Das entscheiden weder Sie noch ich.«

»Aber …«

Anna setzte den Blick auf, den ihre Frau immer nur ihren Mach-keine-Faxen-oder-es-wird-ungemütlich-Blick nannte. Er funktionierte auch diesmal, und die Freifrau trat zurück.

»Ich bin in meinem Büro.«

# 12

Ein Tatort! Freifrau von Sonneborn ging mit großen Schritten zurück in das Schloss. Mochten die anderen herumstehen und große Augen machen, sie konnte sich das nicht erlauben. Eine neue Leiche auf Schloss Bucheneck, die Presse würde sich darauf stürzen wie Bienen auf ein Glas Honig. Sie musste die Eröffnung absagen und einige der Mitarbeiter aus dem Hotel anweisen, die Zufahrt zum Schloss abzusperren. Zum Glück gab es noch die alte Schranke. Alle abweisen, die nichts im Schloss zu suchen hatten. Die Gäste würden sicherlich wilde Vermutungen anstellen. Was sollte sie ihnen erzählen? Ein Wasserrohrbruch, der die Zufahrt unterspülte? Wild gewordene Bienen, die alle angriffen? Salmonellen? Nein, das besser nicht. Waldbrandgefahr? Konnte sie jemanden dazu überreden, eine offizielle Warnung rauszugeben? Dann könnte sie die Schuld an der geschlossenen Ausstellung gleich auf irgendjemand anderen abwälzen. Die Treppe zum Schloss nahm sie mit wenigen großen Schritten. Eine Pressemeldung musste raus. *Tragischer Unfall – aus Gründen des Anstands – in Gedanken bei seiner Familie.* Konnte sie anklingen lassen, dass Räuber das Kunstwerk selbst unachtsam zerstört hatte? Nein, das würden ihr die anderen äußerst übel nehmen. Ein Tatort – was bildete sich diese Polizistin eigentlich ein! Hoffentlich würde der zuständige Vorgesetzte ihr den Kopf zurechtrücken. Sich so aufzuspielen. Dabei war doch klar, dass es ein Unfall gewesen war. Was auch sonst!

»Scheiß EU, scheiß Fördergelder, scheiß Kunst. Scheißescheißescheiße.«

Leise fluchend stieß sie die nur angelehnten Glastüren auf und öffnete dann die Tür zu ihrem Büro. Irgendetwas stimmte nicht, doch bevor sie die am Boden stehenden Bilder und den freiliegenden Tresor richtig gesehen hatte, bekam sie von hinten einen Schlag auf den Kopf, und die Welt explodierte in einer Welle aus Lichtern und Schmerz. Dann wurde es dunkel.

# 13

Die Verstärkung in Form von vier weiteren uniformierten Kollegen war da. Anna Gruber atmete auf. Sie würden den Tatort weitreichend absperren, der gekieste Weg würde vorerst als Spurengasse dienen. Anna nutzte kurz die Aufnahmefunktion ihres Handys, um ihre ersten Beobachtungen festzuhalten, das war wichtig. Dann trat sie zu Lotte und dem Professor, die an der Schlosstreppe auf sie warteten.

»Können Sie mir erzählen, was genau passiert ist?«

Sie beobachtete, wie Lotte Hansen, deren Gesicht älter wirkte als noch im letzten Jahr und deren Augen einen Ausdruck von Sorge zeigten, kurz einen Blick mit dem Professor wechselte und dann als Erste antwortete.

»Es gab einen lauten Knall. Gegen 13 Uhr, ich saß gerade mit Harald auf der Terrasse beim Mittagessen.«

Der Professor unterbrach sie.

»13.17 Uhr, um genau zu sein. Ich habe sofort nach dem Knall auf die Uhr geschaut.«

»Warum?«

Er zuckte nur mit den Schultern, erstaunt entweder über seine eigene Handlung oder über Annas Nachfrage.

»Ich weiß nicht. Es knallte, und ich wollte wissen, wie spät es ist.«

Lotte lächelte nur und erzählte dann weiter.

»Das Scheppern und Klirren kam aus dem Park – und als wir aufgestanden sind, konnten wir das Kunstwerk von Tim Räuber sehen. Oder vielmehr nicht mehr sehen. Wir sind losgerannt – und haben ihn gefunden. Der Professor hat sich neben ihn gekniet und nach Lebenszeichen gesucht. Alles war voller Blut.«

Wieder sprach der Professor.

»Ich habe versucht, etwas zu sehen. Aber eigentlich wusste ich schon, dass er tot war. Seine Augen waren …«

Anna hob die Hand. Auch sie hatte die offenen Augen des Opfers gesehen.

»Er hatte Blut im Gesicht, an den Augen. Aber da war keine Wunde.«

»Ja, das war ich.«

Der Professor sah sie entschuldigend an.

»Ich hab sie zugedrückt. Also es versucht. Wie sie es immer in den Filmen machen. Ein Reflex. Ich hab gar nicht nachgedacht. Es sah so grausam aus, und ich wollte einfach nur, dass er die Augen schließt.«

Er warf Anna einen entschuldigenden Blick zu.

»Sie haben ihn ja gesehen. Die Augen.«

Anna nickte.

Zwei Drittel aller Toten sterben im Schlaf oder schließen im Moment des Todes noch von alleine die Augen. Aber bei einigen ist es nicht so – und entgegen aller Szenen aus Filmen oder Büchern ließen sich die Augenlider eines Toten nicht mit der flachen Hand einfach sanft schließen. Das hatte nun auch der Professor festgestellt.

»Ja. Sie sind nicht der Einzige, der das aus einem Impuls heraus probiert hat. Es kommt öfters vor.«

Der Professor nickte nachdenklich.

»Wussten Sie, dass ein Grund, warum wir bei Toten die Augen und den Mund schließen, die Angst vor Wiedergängern ist? Deswegen soll man den Toten auch keine Tränen nachweinen – die Idee war, dass das Benetzen eines Toten mit den eigenen Tränen den Toten Wege zurück ins Leben öffnet.«

Anna dachte an die Zombiefilme, die sie heimlich mit ihrem großen Bruder gesehen hatte und die ihr über Jahre die schlimmsten Albträume verursacht hatten. Sie schauderte.

Lotte räusperte sich.

»Wobei ich nicht glaube, dass wegen Räuber so viele Tränen vergossen werden.«

»Wie meinen Sie das?«

»Er war kein freundlicher Mensch.«

Anna ließ das erst einmal so stehen. Es war Aufgabe der Kollegen im Büro in Rostock, die Hintergründe des Opfers zu recherchieren.

»Waren Sie die Einzigen, die den Krach gehört haben?«

»Nein. Die anderen Künstler kamen auch angerannt.«

Anna hörte sich Lottes kurzen Bericht über die Ausstellung an.

»Und wo sind die jetzt alle?«

Das Protokoll schrieb vor, die ersten Aussagen aller Zeugen und derer, die unmittelbar in der Nähe des Tatorts gewesen waren, aufzunehmen. Und zwar so schnell wie möglich. Zum einen, damit die Erinnerungen frisch waren. Und zum anderen wurde eine Erinnerung mit jedem Mal, die sie erzählt wurde, ein wenig mehr verändert.

»Ich habe sie in die Halle geschickt, sie warten dort.«

Anna fluchte. Wenn die Zeugen miteinander

redeten, waren sie schon dabei, ihre Erinnerungen abzugleichen – und damit zu verändern. Sie musste sich beeilen.

# 14

Verdammt, das war nicht so geplant gewesen. Er wischte sich die feuchten Hände an der Hose ab und beeilte sich, das Schloss so schnell wie möglich zu verlassen. Hoffentlich hatte ihn niemand gesehen. Er rannte die Vortreppe hinunter und bog dann, eng an der Hauswand bleibend, nach links ab. Mit wenigen großen Schritten erreichte er den Parkplatz und dann den dahinter liegenden Wald. Erst im Schatten der großen alten Bäume wagte er es, wieder langsamer zu werden.

Nicht umschauen, weitergehen. Wenn er es nur schaffte, möglichst ungesehen auf sein Hotelzimmer zu kommen! Und er musste dringend sein Hemd wechseln. Die dunklen Flecken auf seinem Ärmel und auf der Brust loswerden. Wieder fluchte er. Wie hatte das bloß so schieflaufen können? Durch seinen Leichtsinn hatte er eine Menge riskiert. Er hätte warten sollen, statt wie ein Anfänger in das

Büro der Freifrau zu rennen. Aber als diese ihm so aufgeregt in der Halle entgegenkam und nach einem kurzen Blick aus dem Fenster zusammen mit dem alten Schauspieler rausrannte – was für eine Gelegenheit! Und Gelegenheiten sollte man nutzen. Das hatte er zumindest gedacht, als er stehen geblieben und sich langsam im Schloss umgesehen hatte. Alle Türen offen, niemand im Haus, alle aufgeregt versammelt um die Scherben im Park. So wie es aussah, war nicht nur das Kunstwerk vom alten Räuber kaputtgegangen, diese hässlichen Glaswürfel – sondern der Räuber gleich mit dazu. Schockierend, aber nicht sein Problem. Und da die Freifrau in ihrer Aufregung weder die Zwischentür aus Glas noch ihre gesicherte Bürotür geschlossen hatte, stand ihm der Weg offen.

Schnell rein, das holen, weswegen er überhaupt auf diesem seltsamen Schloss am Ende der Welt war, und schnell wieder raus. Wie hätte er denn ahnen können, dass die Freifrau schon nach so kurzer Zeit wieder zurückkommen würde? Und dass sie mit ihren flachen Schuhen auf dem dicken Teppich so lautlos sein konnte? Nur die gemurmelten Worte hatten ihn vorgewarnt, und er hatte sich so eben noch hinter die Tür stellen können, als die blonde Besitzerin des Schlosses in ihr Büro trat. Er wusste, sie würde beim Anblick der abgenommenen Gemälde schreien. Und irgendwie hatte seine Hand wie von alleine nach der Bronzefigur aus dem Regal gegriffen. O Gott, hatte er zu fest zugeschlagen? Ihm wurde kurz übel, und er stützte sich an einem der Bäume ab und atmete tief durch. Doch das Bild der blonden Haare, aus denen das rote Blut lief, ließ sich nicht vertreiben.

Er musste weiter, ins Hotel, auf sein Zimmer. Wenn er erst einmal dort war, konnte er sich waschen und nachdenken. Und wenn sich die anderen wunderten, warum er nicht auch hinaus zu dem kaputten Kunstwerk und dem kaputten Räuber gerannt war? Schnaubend richtete er sich auf. Er könnte ja einfach sagen, er würde den Anblick von Blut nicht ertragen. Bei dem Gedanken an die Flecken auf seinem Hemd war das wahrscheinlich gar keine Lüge.

Der schmale Weg schlängelte sich nun nicht mehr parallel zur von Buchen gesäumten Zufahrt zum Schloss durch den Halbschatten des Waldes, sondern führte ihn tiefer in den Wald. Aber er wusste, dass er bald auf die Bundesstraße treffen würde. Wenn er diese querte und sich dann von hinten an das Hotel und vor allem an den Seiteneingang schleichen könnte, hätte er eine Chance, unbemerkt in sein Zimmer zu kommen.

Nach einigen Minuten war die Bundesstraße

zu sehen. Das Hotel, untergebracht im ehemaligen Gutshaus des Schlosses, lag auf der anderen Seite. Nur noch wenige Meter.

Er stolperte aus dem Wald und trat auf die Straße.

# 15

Kriminalhauptkommissarin Selin Özcan achtete darauf, die zulässige Höchstgeschwindigkeit nicht zu überschreiten, auch wenn Sorge und zugegebenermaßen Neugierde sie dazu verleiten wollten, das Gaspedal ihres schweren Dienstwagens ganz durchzutreten. Die Sonne stand hoch am Himmel, doch die rechts und links von Buchenwäldern gesäumte Landstraße lag in jenem Dämmerlicht, das sie schon im letzten Jahr immer wieder fasziniert hatte.

Damals war sie, neu in Rostock, neu auf ihrer Stelle, zu ihrem ersten Fall gerufen worden. Auf dem Gelände des Schlosses war die Leiche einer jungen Frau gefunden worden – und die Ermittlungen hatten mehr Ereignisse losgetreten, als sie am Anfang für möglich gehalten hatte. Die Erinnerungen, die nun auf sie einprasselten, waren sowohl schlimm als auch schön. Der Mordfall in seiner Grausamkeit auf der einen Seite, die Gemeinschaft der Bewohner des Schlosses auf der anderen. Dass Selin Lotte Hansen und ihre Freunde kennen- und schätzen gelernt hatte, war auf jeden Fall ein Umstand, der ihr die endgültige Rückkehr nach Rostock einfacher gemacht hatte.

Nach dem Mord an der Sängerin und dem Fall um die toten Erdbeerpflücker war sie für einen letzten Versuch nach Berlin zurückgekehrt. Ein letzter verzweifelter Versuch, ihre Ehe zu retten. Dem sie nur zugestimmt hatte, weil sie ihre Töchter vermisste und weil sie sich für eine kurze Zeit einreden konnte, dass es Hoffnung gab. Hoffnung für sie und Alexander. Die Hoffnung starb zuletzt, aber wie sie gestorben war! Selin merkte, dass sie bei dem Gedanken das Gaspedal stärker als nötig durchtrat, und bremste schnell wieder ab.

Sie vermisste ihre Töchter immer noch, vielleicht sogar noch mehr, jetzt, wo es endgültig war, ausgesprochen, laut gesagt und aus der Ecke hervorgeholt. Aber sie konnte und wollte nicht mehr das Leben leben, das sie in Berlin erwartete. Nicht mit Alex, nicht mit seinen Erwartungen daran, wer und was sie zu sein hatte. Allein daran zu denken machte sie wütend. Und müde, unendlich müde.

So war sie nach Rostock zurückgekehrt. Wo sie atmen konnte, Luft bekam. Und wo sie den Mietvertrag der Wohnung über den Dächern von Rostock mit Blick auf Industriebrachen, Brombeerhecken und verlassene Hafengebäude nie gekündigt hatte. Allein das hätte ihr die Augen öffnen sollen.

Und auch die Stelle im Team der Rostocker Kriminalpolizei hatte auf sie gewartet, war nicht neu besetzt worden. Ein leerer Stuhl, auf den sie passte. Den sie sich verdient hatte.

Immer wieder tauchte die Sonne einzelne Stellen der Straße in ihr helles Licht, dann fuhr der Wagen wieder in das Halbdunkel des Waldes. Die automatische Beleuchtung der Armaturen und des Navis schaltete ständig von Hell auf Dunkel, und genervt versuchte Selin, in der Vielzahl der Knöpfe denjenigen zu finden, der diesem Blinken ein Ende setzen würde.

Als sie wieder aufsah, tauchte vor ihr jemand aus dem Wald aus und rannte auf die Fahrbahn. Selin trat das Bremspedal mit voller Kraft durch und hörte dabei die anfeuernde Stimme ihres Fahrsicherheitstrainers im Ohr. Wichtig war, mit voller Kraft zu bremsen. Sie spürte, wie das Bremspedal vibrierte, als das ABS sich dazuschaltete, und dann den minimalen Widerstand des Lenkrads, als das EPS ebenfalls einsetzte. Eins, zwei, drei, vier, fünf, sechs. Sie kam zum Stehen.

Zitternd löste sie ihre Hände vom Lenkrad und rieb sich die Handgelenke. Das hatte wehgetan, trotz aller Technik. Sie versuchte, ihren Atem zu kontrollieren. Keine Panik. Sie hatte es geschafft. Sie atmete einmal ruhig ein und wieder aus und griff dann nach ihrem Türgriff. Doch derjenige, der eben noch mitten auf der Straße gestanden hatte, war verschwunden.

# 16

Schloss Bucheneck leuchtete in der klaren Junisonne, und Selin atmetet tief durch. Was für ein schöner und doch merkwürdiger Ort. Normalerweise war die Ankunft an einem Tatort immer mit Beklemmung oder Angst verbunden. Und der Schreck von der Vollbremsung steckte ihr auch noch in den Knochen. Selin wusste, dass sie gleich den Tod sehen würde – und nicht in seinem friedlichen Gewand. Doch Bucheneck mit seinem Park und den geputzten Schlossfenstern, seinen Giebeln und Nischen schien wie seltsam unberührt von dem, was rundherum geschah. Wie ein Mensch, der einfach schon so viel Gutes wie auch Böses gesehen hatte, dass er beidem mit der gleichen Gelassenheit begegnete.

Durch ihre Freundschaft zu Lotte und den anderen und durch die Arbeit von Jenny und Jaro wusste sie mittlerweile mehr über die Geschichte des Hauses. Mit seinen fast 140 Jahren war es zwar alt, aber nicht so alt, wie es auf den ersten Blick schien. Der Architekt hatte es auf Wunsch des Bauherrn 1890 im Stil eines Jagdschlosses des frühen 19. Jahrhunderts angelegt – also im Endeffekt etwas gebaut, was älter aussah, als es war. Selin hatte der Erklärung neugierig zugehört und dabei lächelnd an das Schloss gedacht, das sie vor Jahren bei ihrem Besuch in Disneyland in Paris gesehen hatte. Beide waren auf eine ähnliche Art und Weise nicht echt, mehr Kulisse als Zeugnis einer Zeit. Der erste Besitzer ging in der Weltwirtschaftskrise bankrott, und das Haus wurde von einem Naturfreudenverein – Turnen, Tanz und Freikörperkultur – gekauft und einige Jahre als Ferienheim genutzt. Selin kannte Bilder und Filmaufnahmen aus der Zeit und stellte sich daher immer eine Gruppe nackter Menschen vor, die sich auf den Wiesen im Park lächelnd und hüpfend Bälle oder Keulen zuwarfen. Wahrscheinlich ein Klischee, aber eines, das sie zum Schmunzeln brachte. Doch mit dem Tanzen war schnell wieder Schluss, denn 1935 wurde das Schloss von Nationalsozialisten übernommen und offiziell als Ausbildungskrankenhaus für Militärärzte genutzt. Was genau im Krieg auf Bucheneck passiert war, wurde gerade erst, zum Unmut vieler Bewohner der Region und auch der Freifrau selbst, erforscht. Es war wie überall – alle waren froh, wenn sich die Vergangenheit unter einer dicken schwarz-weißen Glasur verstaubter Bilder versteckte und nicht wieder ausgegraben wurde. Bucheneck war bei Kriegsende ein Lazarett gewesen, und die Gräber auf dem kleinen Soldatenfriedhof im Osten des Schlosses legten davon Zeugnis ab. In der DDR wurde es dann umfunktioniert zu einer kleinen Kur– und Lungenklinik für wichtige Politfunktionäre – wobei wahrscheinlich ein Großteil der Patienten eher an »Nervenleiden« denn an Atemnot litt. Schon zu DDR-Zeiten wurde die Klinik geschlossen, und das Schloss stand leer. Nach der Wende gab es den ersten Versuch einiger engagierter Bewohner des nahe gelegenen Dorfes, das Schloss mit einem Verein zu übernehmen und zu einem Kulturzentrum umzubauen. Das scheiterte daran, dass eine Investmentfirma der Gemeinde ein lukratives Kaufangebot machte, das diese nicht ausschlagen konnte. Kurz nach dem Kauf ließ die Firma das Schloss, das dazugehörige Gutshaus und sämtliche Nebengebäude in Rekordgeschwindigkeit entkernen und teilsanieren, um möglichen Auflagen des Denkmalschutzes zu entgehen.

2017 kaufte es die Sonneborn AG und baute in das Haupthaus mehrere großzügige Wohneinheiten für Senioren. Das zum Jagdschloss gehörende Gutshaus mit seinen Stallungen wurde zeitgleich in ein

Hotel mit Restaurant, Tagungsräumen und einem großen Festsaal ausgebaut. Wie immer, wenn Selin sich die Geschichte des Schlosses vor Augen führte, fühlte sie sich wie eine Schülerin, die sich auf ein Referat vorbereitete. Nur dass sie durch die beiden Erzählungen von Lotte ein viel besseres Gefühl dafür bekommen hatte, was in den letzten 140 Jahren eigentlich alles passiert war.

Lotte Hansen hatte ihr das alles erzählt, und auch von dem Tag, an dem sie und ihr Mann Hannes das halb zerfallene und mit Brettern vor den Türen und Fenstern vernagelte Schloss zum ersten Mal gesehen hatten. Und als Hannes' Krankheit immer sichtbarer wurde, hatte es ihnen ein neues Zuhause geschenkt. In das ganz zufälligerweise auch Lottes und Hannes' beste Freunde einzogen.

Auf jeden Fall hatte das Schloss in seinen vielen Jahren schon so viel Tod und Leid, aber auch Leben und Freude gesehen, dass die Leiche in seinem Park es seltsam unberührt ließ. Selin wusste, dass sie hingegen trotz ihrer vielen Jahre Erfahrung niemals unberührt auf ein Opfer sehen konnte – und wollte. Der Tag, an dem es sie nicht mehr erwischte, an dem sie nicht mehr betroffen sein und auch wütend auf den Körper eines Menschen blicken würde, dessen Leben gewaltsam ausgelöscht worden war, wäre ihr letzter bei der Mordkommission. Es war eben nicht nur irgendein Job. Alexander hatte sie dafür als »naive Idealistin« beschimpft – was nur ein weiteres Indiz dafür war, wie wenig er sie eigentlich gekannt hatte. Wie wenig sie sich beide gekannt hatten, denn Selin hätte nie geglaubt, dass ihr Mann eines Tages so über sie denken könnte.

Also wappnete sie sich, um der Gefühle, die gleich auf sie einströmen würden, Herrin zu werden und sie in die richtigen Bahnen zu lenken. Sie zu benutzen als Antrieb, um ihren Teil dazu beizutragen, die Welt gerechter zu machen. Denn daran glaubte sie.

Anna Gruber, die ihr schon im letzten Jahr mit ihrer Ruhe und Sorgfalt aufgefallen war, stand am Rande des Parks und schrieb in ihr Notizbuch. Alles festhalten, so zeitnah wie möglich. Das galt nicht nur für die Aussagen von Zeugen, sondern auch für die eigenen Beobachtungen und Gedanken. Selin ging zu ihr, nickte ihr zu und beobachtete dann kurz das Treiben rings um den Tatort. Das erste Team der Spurensicherung war eingetroffen und begann damit, alles abzusperren und mit kleinen Metallstangen, an denen verschiedenfarbige Fähnchen befestigt waren, die Zugangswege zu kennzeichnen.

»Was wissen wir bisher?«

Die Frage, mit der immer alles begann.

»Das Opfer heißt Tim Räuber. Professor für Bildende Kunst in Berlin. Er ist einer der Künstler, die hier ihre Werke aufgebaut haben.«

Anna Gruber sprach vom Opfer in der Gegenwart, nicht in der Vergangenheit, was Selin gefiel. So wurde der Tote gefühlt nicht weiter weggerückt, sondern blieb nah bei ihnen. Sie würde versuchen, das in Zukunft ebenso zu machen.

»Heute um 15 Uhr sollte die Ausstellung eröffnet werden. Nach Aussagen mehrerer Zeugen stand Tim Räuber um 13:16 unter seinem Kunstwerk, das aus einigen großen Glasgebilden auf diesen Metallstangen dort bestand. Ich habe ein Foto, das mir eine der anderen Künstlerinnen zugeschickt hat, auf dem man das Kunstwerk sieht.«

Anna zeigte Selin das Bild auf ihrem Handy.

»Er hatte ein großes Tuch in der Hand und polierte die glänzenden Flächen. Mir wurde gesagt, dass viele seiner Werke mit spiegelnden Flächen arbeiten. In seinem Eintrag bei Wikipedia steht mehr dazu.«

»Ein Eintrag bei Wikipedia? Ein echter oder einer von diesen selbst geschriebenen?«

»Ein echter, glaube ich. Er ist ziemlich bekannt, es tauchen auch viele andere Artikel über ihn auf.«

Selin wusste, dass in Rostock schon die Kolleginnen dabei waren, die Hintergründe des Opfers zu klären. Es war schön und gut, dass sie mithilfe des Internets schnell an erste Informationen kamen, aber sie durften auch nie vergessen, dass das Internet kein Ort der reinen Fakten war. Schon gar nicht, wenn es um Personen ging, die in der Öffentlichkeit standen.

»Um die Flächen zu polieren, musste er wohl auch unter die Würfel treten. Dann hörten die Zeugen ein lautes Krachen und Scheppern. Die Würfel sind zersprungen, warum oder wie, wissen wir noch nicht.«

Ob er wohl noch Zeit gehabt hatte zu merken, was passieren würde?

»Hat jemand das Opfer schreien gehört?«

»Nein, er scheint völlig still gewesen zu sein. Die Notärztin meinte, die Scherben hätten in Bruchteilen einer Sekunde mehrere lebensnotwendige Organe durchbohrt und vor allem die Bauchaorta durchtrennt. Er ist verblutet.«

Anna Grubers Stimme merkte man ihre Betroffenheit an. Und das wusste Selin sehr wohl zu schätzen. Sie mochte keine Kollegen, die versuchten, immer so unbeteiligt wie möglich zu wirken. Der Tod, der gewaltsame Tod eines anderen Menschen, ließ einen nicht unberührt. Und wenn, dann hatte man einen wichtigen Teil seiner Menschlichkeit verloren.

»Die ersten Zeugen erreichten das zerstörte Kunstwerk kurz darauf. Lotte Hansen und Professor Martens waren dabei sowie die anderen Künstler. Ich habe ihre ersten Aussagen schon aufgenommen und sie gebeten, sich nicht untereinander über das Vorgefallene zu unterhalten, bis sie mit Ihnen gesprochen haben.«

Selin nickte und blickte dann zu den leeren Metallstangen und dem, was unter ihnen lag.

»War das ein Unfall? Kann das Kunstwerk nicht einfach zersprungen sein?«

»Isabella de Santis, die ebenfalls mit Glas arbeitet, hält das für sehr, sehr unwahrscheinlich. Und Räubers Glaswürfel sind aus Berlin hierher transportiert worden. Hätten sie einen Materialfehler gehabt, wären sie dann nicht schon auf der Fahrt oder beim Aufbau zersprungen? Aber möglich ist alles. Nur …«

Selin sah neugierig zu Anna Gruber, die unschlüssig auf ihre Unterlippe biss.

»Nur was …«

»Nur ein Gefühl …«

Das war fast geflüstert, und Selin schüttelte den Kopf.

»Das Gefühl für Gefahr oder das Gefühl dafür,

dass etwas nicht stimmt, hat meist einen Grund. Wir sehen oder hören etwas, dem wir im ersten Moment oder unter den vielen anderen Eindrücken, die uns jede Sekunde bestürmen, keine Bedeutung zumessen. Aber ein Teil von uns registriert es doch – und wandelt das, was wir beobachtet haben, in ein Unbehagen, ein Gefühl um. Vertrauen Sie diesem – zumindest so weit, dass Sie es als guten Grund akzeptieren, genauer hinzuschauen, ja? Wenn Sie mit mir arbeiten, dann können Sie sicher sein, dass ich solche Gefühle ernst nehme.«

Anna Gruber nickte erleichtert.

»Gut.«

Selin winkte einer Kollegin aus der Spurensicherung, näher zu kommen, und sah sie fragend an.

»Anzug?«

Damit war einer der weißen Ganzkörperanzüge mit Kapuze gemeint, die zur Grundausstattung gehörten.

»Wenn Sie nur bis zum zweiten Ring gehen, nein. Wenn Sie in die Scherben wollen, ja.«

Selin überlegte kurz, aber da die Fotografin schon neben der Leiche kniete, schüttelte sie den Kopf.

»Der Ring reicht mir.«

Dann holte sie tief Luft und wappnete sich, wieder einmal dem Tod ins Gesicht zu schauen.

# 17

Selin!«

Lotte hatte der Kommissarin genügend Zeit gelassen, sich mit der anderen jungen Polizistin auszutauschen, und den Tatort angesehen. Ihr Platz auf der Terrasse, den sie wieder eingenommen hatte, bot ihr einen guten Blick auf alles, was passierte.

Bei ihrem Ruf hob Selin den Kopf und winkte ihr zu. Dann kam sie mit schnellen Schritten die wenigen Treppenstufen zur Terrasse hinauf und begrüßte sie mit einer Umarmung.

»Es ist schön, dich zu sehen, Lotte. Auch wenn der Anlass kein schöner ist.«

Lotte konnte dem nur zustimmen. Vor allem, da sich in ihrem Kopf seit dem Fund der Leiche unter den Scherben die Gedanken überschlugen. Aber Eile und vor allem Sorge waren keine guten Ratgeber – und so holte sie tief Luft und lächelte Selin an.

»Du bist blass.«

»Ja. Kein Wunder. Ich habe gerade eine Leiche gesehen und kurz davor beinahe einen Mann überfahren.«

Lotte schaute auf.

»Einen Mann? Wo?«

»An der Bundesstraße. Kurz vor der Abbiegung. Zum Glück hatte ich den Wagen schon etwas abgebremst. Er kam aus dem Wald und wollte wahrscheinlich rüber zum Hotel. Ohne nach rechts und links zu schauen. Ich konnte gerade noch so bremsen.«

»Wie sah er aus?«

»Schwarze Hose, helles Hemd. Helle Haare, glaube ich. Ich war voll damit beschäftigt, ihn nicht umzufahren. Und als ich ausgestiegen bin, war er verschwunden.«

»Im Hotel wohnen die Künstler, die hier ausstellen. Und deiner Beschreibung nach könnte der Mann einer von ihnen gewesen sein. Arne Kaiser, er macht Installationen mit Licht. Drüben in den alten Ställen.«

»Ich werde als Erstes mit ihm sprechen, Lotte. Was meinst du, was ist hier passiert? Ein Unfall? Ein schrecklicher Unfall? Oder …«

Lotte sah erstaunt auf.

»Deine Kollegin hat das hier doch zum Tatort erklärt.«

»Ja, natürlich. Aber das dient schlicht dazu zu beweisen, dass es ein Unfall war. Was es auch in sehr, sehr vielen Fällen ist.«

Das gab Lotte zu denken. Sie hatte ihre eigenen Gründe zu glauben, dass das Kunstwerk nicht zufällig gerade dann zerbrochen war, als Räuber darunter stand. Aber das waren Gründe, die sie ungern mit der Polizistin Selin, Freundin hin oder her, teilen wollte. Nicht, bevor sie nicht Genaueres wusste. Trotzdem wollte sie auch nicht direkt lügen. Sie entschied sich für den Mittelweg.

»Wenn es ein Unfall war, dann hat das Schicksal es nicht gut mit Räuber gemeint.«

Wenige Minuten später blickte Lotte Selin nach, die um die Ecke des Schlosses ging, um mit den anderen Zeugen zu sprechen. Die Kommissarin war ihr nach dem Fall der toten Sängerin und der Sache mit den Erdbeerpflückern sehr ans Herz gewachsen. Sie hatte Grips und Mut. Und Herz. Eine gute Kombination.

Aber sie war auch Beamtin und musste sich an Fakten und Regeln und Vorgehensweisen halten. Lotte war sich nicht sicher, ob sie Selin von dem erzählen sollte, was sie letzte Nacht gehört hatte.

Die Schlaflosigkeit war seit Hannes' Tod ein stetiger Begleiter – und so saß Lotte Nacht für Nacht in ihrem großen Lehnsessel, eine Tasse kalt gewordenen Tee neben sich und – ja, was tat sie eigentlich genau? Nachdenken, in Erinnerungen schwelgen. Hannes' Lachen hören und seine warme Hand auf ihrer spüren. Ihn zurückholen, wenn auch nur für diese wenigen Momente mitten in der Nacht, in denen sie sich gestattete, sich so in ihrer Trauer zu verlieren. Aber gestern waren ihre Gedanken jäh unterbrochen worden, als sie durch das geöffnete Fenster plötzlich eine Stimme hörte, die leise sang:

*»Ich schlag den Räuber tot, tot, tot. Dann wird die Erde rot, rot, rot …«*

Sie war so schnell wie möglich ans Fenster getreten, hatte aber niemanden mehr gesehen. Die Stimme, seltsam vertraut, war ihr nicht mehr aus dem Ohr gegangen. Ein dummer Reim, jemand, der sich über Tim Räuber geärgert hatte und sich mit dem Lied Luft verschaffte? Die Gänsehaut auf ihren Armen sagte da etwas anderes. Der Stimme war es ernst gewesen, todernst gar?

Sie zog das Stück Papier, auf das sie am Morgen ihre Liste geschrieben hatte, aus der Tasche ihrer Strickjacke. Dann nahm sie den Stift wieder auf, strich zwei Punkte auf ihrer Liste durch und ergänzte einen weiteren:

- *Joost und Hannes besuchen*
- *Zeitung abbestellen*
- ~~*Selin anrufen*~~
- ~~*Mord verhindern*~~
- *Mord aufklären*

Dann sah sie zu den Überresten des kaputten Kunstwerks, zwischen denen immer noch Leute in weißen Schutzanzügen herumliefen, drehte sich um und blickte hoch zu den im Sonnenlicht glänzenden Fenstern des Schlosses. Verdammt.

# 18

Mit jeder Stufe, die Professor Harald Martens die Treppe aus der großen Eingangshalle nach oben ging, stürzten Gedanken auf ihn ein. Scherben bringen Glück, so sagt man. Ursprünglich waren mit Scherben wohl heile Tongefäße gemeint, die, gut gefüllt natürlich, in römischen Haushalten für Glück und Wohlstand standen. Aber das Zerbrechen von Scherben soll auch böse Geister vertreiben, bei einem Polterabend wird Geschirr zerschlagen und bei einer Schiffstaufe eine Flasche am Rumpf des Schiffes. Aber nicht ihm, nicht dem Räuber, dem hatten die Scherben so gar kein Glück gebracht. Wobei seine Scherben ja auch mehr oder weniger zu einem Spiegel gehörten, und das Zerbrechen eines Spiegels bringt nun mal sieben Jahre Unglück. Die Seelen derjenigen, die in einen Spiegel schauen, sind in ihm gefangen und zerbrechen mit ihm. Und Seelen brauchen aus vielen Gründen sieben Jahre, um zu heilen. Wenn jemand stirbt, werden in den Häusern die Spiegel abgehangen, damit die Seele des Verstorbenen sich nicht in ihnen verfängt. Er hatte Menschen getroffen, die ihr ganzes Leben lang nicht in einen Spiegel geschaut hatten. Ob es sie wohl glücklicher gemacht hatte als ihn, der er jeden Morgen beim Zähneputzen in sein eigenes Gesicht blickte? Was wohl mit Räubers Seele passiert war, die an so vielen spiegelnden Scherben entlang gemusst hatte?

Lotte hatte ihm vertraut, und er war mutig und entschlossen in die Scherben getreten, um allen das zu bestätigen, was sie schon wussten. Tod. Er war fest davon überzeugt, dass die Menschen einen feinen Instinkt dafür hatten, wann es schlicht und ergreifend zu spät war. Auch die Notärztin vor Ort hatte schon einige Meter vor der Leiche ihren Schritt verlangsamt und ihre schwere Tasche langsam im Gras abgestellt. Wahrscheinlich war ihr Instinkt noch besser entwickelt.

Er seufzte. Der Tod war ihm nichts Neues. Sowohl der, der ein Gesicht hatte, eine Geschichte. Der, der anklopfte an der Tür und dann geduldig darauf wartete, hereingelassen zu werden. So war es bei Hannes gewesen. Aber Harald kannte auch den wahllosen, mitleidlosen Tod.

Seine Familie hatte nicht weniger als diesen in

die Welt gebracht und tat es noch immer. Die Berliner Familie Grauf – Stahl, Chemie und Waffen. Geld und Tod. Seine Geschichte. Sein Erbe. Seine Schuld. Er hatte sich von seiner Familie abgewandt, den Mädchennamen seiner Großmutter angenommen, den Kontakt zu seinen Schwestern Henrike und Heike abgebrochen, die das Familiengeschäft weiterhin führten. Und ebenso wie sein Vater und sein Großvater zuvor von jedem Krieg auf dieser Welt profitierten. Sein Erbe, das Geld, ließ er von seinen Anwälten so einsetzen, dass es den Opfern half. Aber auch das war nur ein Tropfen auf dem heißen Stein. Er selbst hatte sein Glück in der Wissenschaft gesucht, in der Geschichte. Doch die Schicht von Frieden, die ihn hier auf Bucheneck umgab, war dünn.

Harald schüttelte sich und versuchte, die dunklen Gedanken, die sich wie Nebelfetzen von allen Seiten her über ihn legen wollten, zu verdrängen. Denk nach, Harald. Benutze deinen Kopf.

Etwas stimmte nicht an der ganzen Sache. Auch Lotte hatte ihre Stirn in Falten gelegt und die Nase auf diese ganz bestimmte Weise gerümpft, die er nun schon seit so vielen Jahren kannte. Lotte hatte einen Verdacht, so viel war klar. Und wer sie kannte, wusste, sie würde nicht lockerlassen. Und wenn Lotte nicht lockerließ, musste er auch dabeibleiben. Das hatte er Hannes in einem von dessen letzten klaren Momenten versprochen. Auf Lotte aufpassen. Auf Hannes' Lottchen.

Lotte hatte die Nase immer noch gerümpft. Etwas war faul. Und auch er selbst konnte nicht glauben, dass das Schicksal genau diesen Moment gesucht hatte, um die Glaswürfel zerspringen zu lassen. Er glaubte nicht an Schicksal, nicht so. Kein strafender Gott, wobei die Vorstellung immerhin ihren Reiz hatte, keine göttliche Gerechtigkeit.

Vielleicht konnte er glauben, dass das Schicksal und die Zeit ihn und seine Freunde zusammengeführt hatte. Wahrscheinlich, um einfach ein bisschen mehr Spaß zu haben mit ihnen. Aber jemanden unter den Scherben seines eigenen Werkes zu begraben? Das war zu – menschlich. Genau. Das Schicksal war beliebiger, eröffnete Möglichkeiten, schuf Zukünfte. Aber es begrub sie nicht. Und schon gar nicht auf eine so – ästhetische Weise? Konnte der Tod schön sein? Aber Zukunftszerstörer waren Menschen. Und wenn das auch hier galt, sollte er auf Lotte und seine Freunde aufpassen.

Und eine Freundin brauchte ihn jetzt. Ob sie wollte oder nicht. Er hatte den zweiten Stock des Schlosses erreicht und klopfte an Utes Wohnungstür. Er musste mehrmals klopfen und war schon kurz davor, wieder zu gehen und sich von Lotte den Ersatzschlüssel für Utes Wohnung zu besorgen, als diese die Tür öffnete. Doch bei einem Blick auf Utes Hände stolperte Harald erschrocken einige Schritte zurück.

# 19

In der Eingangshalle des Schlosses traf Selin auf Chris Christiansen. Sie wusste immer noch nicht, was sie von dem Schauspieler halten sollte. Bei Hannes' Beerdigung war er von Trauer erfüllt gewesen, das hatte sie gespürt, ansonsten hatte sie immer das Gefühl, in eine gut arrangierte Maske zu schauen. Vielleicht lag es an ihrer Arbeit als verdeckte Ermittlerin in der internen Abteilung, vielleicht reagierte sie daher so sensibel auf jede Art von Versteckspiel.

Denn die meisten Menschen, die ihre eigentliche Persönlichkeit hinter solchen glatten Masken verbargen, ließen sie schaudern. Aber Lotte und die anderen vertrauten ihm und schienen keine Probleme damit zu haben, wenn der Schauspieler mit ihnen sprach, als wären sie alle nur Figuren in einem Drehbuch.

»Herr Christiansen!«

Er drehte sich um und setzte sofort ein joviales Lächeln auf.

»Ah, Frau Kriminalhauptkommissarin. Ich fühle mich immer wie in einen Fernseh-Tatort versetzt, wenn ich Sie sehe. Besonders Ihre Lederjacke hat es mir angetan. Also aus rein professioneller Sicht natürlich. Sie ist das perfekte Markenzeichen. Und deutlich schicker als Schimanskis Feldparka.«

Da war es wieder. Seine zunächst besorgte Miene hatte sich bei ihrem Anblick innerhalb von Sekunden verwandelt. Ein charmantes Lächeln überdeckte die Angst, die sie in seinen Augen erkannt hatte, die leicht gebeugte, müde Körperhaltung wurde durch eine kraftvoll aufrechte ersetzt. Das war mehr als das kleine Spreizen des Gefieders, das viele Männer an den Tag legten, wenn sie von einer Frau angesprochen wurden. Viel mehr. Auch seine Stimme wurde mit jedem Wort glatter, bedachter. Als würde er sich mit einer Schicht aus Teflon überziehen, an der alles abperlen konnte. Als sie nicht antwortete, sprach er einfach weiter.

»Welch Glanz in unserem bescheidenen Heim. Auch wenn der Anlass wirklich tragisch ist, nicht wahr?«

»Tragisch?«

»Nun ja, der Tod des Räuberhauptmannes.«

»Nannte man ihn so?«

Chris Christiansen zwinkerte ihr auf die Art und Weise zu, für die die Figur des Dr. Himmel bekannt gewesen war.

»Ob *man* das tat, weiß ich nicht, aber ich habe ihn für mich so genannt. Er hatte so eine Art, mit einem zu reden, als würde er Befehle erteilen.«

Selin hörte aufmerksam zu. Sie hatte beim Fall der toten Sängerin gelernt, dass der Schauspieler ein guter Beobachter war.

»Ich habe vorhin Arne Kaiser getroffen. Er sagt, er war zum Zeitpunkt des Unfalls bei Ihnen?«

Sie würde erst einmal das Ganze als »Unfall« bezeichnen und schauen, wie die einzelnen Bewohner und Gäste des Schlosses darauf reagierten. Aber sie hatte ihr Gegenüber unterschätzt.

»Ein Unfall, der von einer Kriminalkommissarin untersucht wird?«

Chris Christiansen sah sie mit hochgezogenen Augenbrauen an. Selin lächelte zurück. Es gab Zeugen, bei denen man am besten so wenig wie möglich sagte, da sie dann selbst umso mehr redeten.

»Aber ja, Arne Kaiser war bei mir, als der Knall und das Krachen zu hören waren. Wir sind runtergerannt und haben aus dem Fenster in der Halle geschaut. Er war sehr erschüttert. Als ich weitergehen wollte, blieb er stehen und ging in Richtung Wald davon. Er wollte das wohl nicht sehen.«

»Ungewöhnlich, oder?«

Der Schauspieler schüttelte den Kopf.

»Ich weiß nicht, Frau Özcan. Vielleicht kann er kein Blut sehen, vielleicht ist er auch einfach besser erzogen als wir alle zusammen und ist nicht schaulustig seiner Neugierde gefolgt.«

Sie gab ihm Extrapunkte, weil er sich an ihren Namen erinnerte.

»Sind Sie das? Schaulustig?«

»Oh, eine kleine Provokation? Aber ich muss Sie enttäuschen. Ich ging vielleicht auch aus Neugierde weiter, aber vor allem aus – Sorge? Wir sind hier eine kleine Familie, und wenn etwas passiert, kommen wir eben zusammen.«

Selin konnte das sogar verstehen und wechselte abrupt das Thema. Viele kleine schnelle Fragen waren eine Möglichkeit, Zeugen daran zu hindern, sich eine zu gute Geschichte zurechtzulegen.

»Warum war Arne Kaiser eigentlich bei Ihnen?

»Warum er bei mir war?«

Und Fragen zu wiederholen waren eine gute Möglichkeit, trotzdem ausreichend Zeit zu bekommen, sich eine gute Antwort auszudenken. Erwischt. Da stimmte etwas nicht. Nur was? Chris Christiansen hatte sich aber genügend Zeit verschafft, um eine Antwort zu geben.

»Er wollte mir noch einige Infos über seine Arbeit geben, da ich ja die Eröffnungsrede heute halten sollte. Und er war bei mir vor der Wohnungstür, als es so fürchterlich knallte. Wir gingen zusammen die Treppe hinunter. Die Freifrau war in der Halle, sie hat den Knall auch gehört und ging mit mir raus, um nach der Ursache zu sehen. Sandra ist wirklich nicht glücklich, dass es schon wieder so einen … so einen Unfall auf Bucheneck gab.«

Selin musste wie immer, wenn die Freifrau mit ihrem Vornamen erwähnt wurde, ein Lächeln unterdrücken. Er passte so gar nicht und gleichzeitig so gut zu der energischen Besitzerin des Schlosses.

»Ich muss sie auch noch befragen und wollte gerade zu ihr.«

Selin versuchte, ihre Stimme neutral zu halten. Die Freifrau war im letzten Jahr nicht gerade hilfreich gewesen, als es um die Aufklärung des Mordes an der Sängerin ging. Sie gehörte zu der Art von Menschen, die allein die Anwesenheit der Polizei als Affront betrachtete. Wobei Selin ihr zugutehalten musste, dass sie ihre Unfreundlichkeit auf alle Menschen gleich verteilte. Und im Gegenzug und laut allem, was sie erfahren hatte, ihre Zuneigung dafür umso mehr den Tieren galt.

»Soll ich Sie zu ihr bringen? Wegen der geplanten Eröffnung und der erwarteten Besucher hat die Freifrau in den letzten Wochen einige zusätzliche Türen eingebaut. Auch so haben sich ja immer wieder einmal Touristen ins Schloss verirrt, die es für ein öffentlich zugängliches Gebäude hielten. Sie kommen seit Neustem ohne Zugangscodes oder eine Schlüsselkarte jetzt nur noch bis hier in die Halle und auf die große Treppe. Alle anderen Wege ins Schloss sind gesichert. Sie hätten mal die zuständige Denkmalpflegerin sehen sollen, als wir die Anträge für den Einbau der Glastüren gestellt haben …«

Während er sprach, hatte er Selin zur rechten Seite der Halle geführt, wo eine sehr unauffällige Glastür den Gang absperrte. Er öffnete die Tür mit Hilfe einer Schlüsselkarte, die er aus der Hosentasche zog.

»Es gibt auch einen Code, den man eingeben kann. Aber ich kann mir nicht sonderlich gut Zahlen merken. Mit Text ist das etwas anderes, das konnte ich schon immer, aber bei Zahlen macht mein Kopf einfach dicht.«

Eine weitere Glastür, und dann eine schwere Eichentür, die ebenfalls gesichert war. Diesmal zückte Chris Christiansen allerdings nicht seine Schlüsselkarte, sondern drückte auf einen Klingelknopf, der neben der Tür in die Wand eingelassen war.

»Warum ist das hier noch mal gesichert?«

»Die Freifrau hat einige der etwas wertvolleren Gemälde aus dem Schloss hier gesammelt. An den Wänden in den offenen Bereichen hängen meist nur Reproduktionen. Die Bilder sind in ihrem Bereich des Schlosses sicherer. Und außerdem schätzt Sandra ihre Privatsphäre.«

Selin erkannte, dass auf der schweren Tür ein elegantes Messingschild angebracht war, das ein Wappen mit einem Geweih über irgendwelchen Zweigen, vielleicht Eichen, zeigte und darunter die Inschrift »Sonneborn AG«.

»Das hier sind auch Geschäftsräume?«

»Die Sonneborn AG hat eine schicke Büroadresse in Berlin, dort sitzt auch die persönliche Assistentin der Freifrau. Sandra selbst ist nicht gerne dort und erledigt die meisten Dinge von ihrem Schreibtisch hier aus. Sie ist sehr effizient.«

Der Schauspieler drückte erneut auf die Klingel und runzelte die Stirn.

»Vielleicht telefoniert sie oder hat die Klingel ausgestellt?«

Selin zögerte. Aber als Polizistin durfte sie die Fragen stellen, die andere aus Höflichkeit nicht stellten.

»Ich dachte immer, die Freifrau wäre mehr so etwas wie ein Aushängeschild der AG? Das hübsche Gesicht, hinter dem sich die eigentlichen Entscheidungsträger verstecken?«

Chris lachte laut auf, und diesmal klang sein Lachen echt.

»Oh, meine Liebe. Sagen Sie das ja nicht so zu Sandra, die reißt Ihnen den Kopf ab. Unsere Sandra hat einen äußerst gut entwickelten Geschäftssinn und ist außerdem eine der diszipliniertesten Frauen, die ich kenne. Sie ist nicht das Aushängeschild der AG, sie ist die AG. Jede Entscheidung läuft über ihren Schreibtisch. Und sie hat in den Jahren, seitdem sie Hubert von Sonneborn geheiratet hat, aus der fast bankrotten Familienfirma ein Unternehmen mit beachtlichem Kapital gemacht. Ich kenne mich mit solchen Geschäftsdingen nicht so gut aus, Künstler, Sie wissen ja, aber so wie ich Ute und Lotte verstanden habe, scheffelt Sandra Geld.«

Selin nickte und beschloss, später im Büro alle Informationen zur Freifrau einzuholen. Und in Zukunft nicht einem so dummen Vorurteil wie der hübschen, aber dummen Ehefrau aufzusitzen. Das sollte sie besser können.

»Danke für die Warnung!«

Hinter der Tür war immer noch nichts zu hören, und der Schauspieler verlegte sich jetzt vom Klingeln aufs Klopfen. Doch schon nach dem ersten beherzten Schlag mit der Hand gegen die Tür schwang diese auf.

»Nanu …?«

Wie so oft übernahm Selins Instinkt schneller die Führung, als ihr Kopf die Informationen verarbeiten konnte. Sie hatte ihre Waffe in der rechten Hand und schob Chris mit der linken Hand hinter sich. Erst dann hielt sie kurz inne. Warum hatte ihr Körper so reagiert? Dann bemerkte sie den seltsam metallischen Geruch, der schwach an ihre Nase drang, und das Fehlen jedweden anderen Geräusches.

Langsam trat sie über den mit einem dicken Teppich ausgelegten Vorflur auf die nächste Tür zu, die offen stand. Hinter sich hörte sie Chris laut atmen, dann scharf die Luft einziehen. Der Sessel war umgeworfen, einige der Bilder standen umgedreht an der Wand. Das Fenster stand offen. Und in der Mitte Beine, ein Körper, zusammengesunken auf dem weißen Teppich vor dem großen Schreibtisch, und um den Kopf herum eine Pfütze aus Blut, die wie ein roter Heiligenschein leuchtete.

# 20

Han Liu beobachtete aus halb geschlossenen Augenlidern, wie Isabella nervös in dem hellen Nebenraum, den das Hotel den Künstlern als Besprechungszimmer zur Verfügung gestellt hatte, auf und ab ging. Er selbst war auch nervös, aber er wusste, dass ihm das die meisten Menschen nicht so einfach anmerken würden. Er blieb in vielen Situationen lieber im Hintergrund, aber trotzdem war er hier, auf Schloss Bucheneck, und zeigte seine Arbeiten neben denen von Tim Räuber und Merle Hermann. Oder besser, hätte seine Werke gezeigt, denn im Moment sah es nicht so aus, als würde die Ausstellung noch stattfinden.

Der Raum war wie alles, was er bislang im Hotel und im Schloss gesehen hatte, schlicht und edel eingerichtet. Es gab keine grauen Konferenztische mit den so typischen Plastikbeschichtungen, sondern kleinere Tische aus hellem Holz, die je nach

Bedarf zusammengeschoben werden konnten. Und an den Wänden hingen keine Kunstdrucke von Miró oder Matisse, sondern sorgfältig gerahmte Fotos, die das Leben im Gutshaus der letzten hundert Jahre zeigten. Vor allem die zu großen Kegeln aufgeschichteten Heuhaufen hatten es ihm angetan. Keine eckigen, von Maschinen gepressten Ballen von Heu oder Stroh, sondern mannshohe Türme, die aus einem Märchen zu stammen schienen. Obwohl er noch nie einen solchen Haufen in echt gesehen hatte und das Foto in Schwarz-Weiß und leicht körnig war, schien es ihm, als könnte er das Heu riechen und die Sonne auf seiner Haut spüren. Ein friedlicher Ort, den er sich so in seinem Kopf bauen konnte, denn draußen, vielleicht einen Kilometer entfernt, lag Tim Räuber unter den Scherben seines Kunstwerkes begraben und wartete darauf, endlich abtransportiert zu werden. Was würde geschehen? Würden die Freifrau und der Schauspieler weitermachen? Oder würden sie morgen ihre Werke abbauen müssen und …

Er mochte die Freifrau, zu seinem eigenen Erstaunen. Diese war nämlich schlicht zu allen Personen um sie herum in gleichem Maße unfreundlich. Das hatte sie mit dem Koch des Restaurants hier im Hotel gemeinsam. Und wenn ihn sein Gespür für Gesichter nicht trog, noch einiges mehr.

Sie waren verwandt, der Knochenbau und die Form der Augen verrieten es. Und nachdem er den Vater der Freifrau kennengelernt hatte, wusste er auch, woher diese Ähnlichkeit kam. Wahrscheinlich steckte eine spannende Geschichte dahinter, warum ein Verwandter, vielleicht ein Cousin oder Bruder der Freifrau, als Küchenchef unter anderem Namen im Hotel arbeitete.

Aber Han interessierte sich nicht so sehr für Geschichten, sondern vor allem für Gesichter. Von klein auf. Er sammelte sie: in seinen Zeichnungen und seinen Fotos. Und er bildete sie nach, kleine, klitzekleine Modelle aus Wachs, die an Puppenköpfe erinnerten und festhielten, was er festhalten wollte. Draußen, auf der Wiese, war er kurz versucht gewesen, einen Blick auf Räubers Gesicht zu werfen. Nur kurz, um zu schauen, was die Scherben aus ihm gemacht hatten. Aber so etwas tat man nicht.

Er wusste nicht genau, woher diese Faszination, die an Besessenheit grenzte, kam. Er wusste nicht, warum er noch dazu gezwungen war, die Bilder und Köpfe so zu verkleinern oder so anzuordnen, wie er es tat. Er wusste nur, dass er es musste.

Isabella, die ihren nervösen Gang durch den Raum nicht unterbrochen hatte, würde wahrscheinlich Ähnliches darüber sagen, wie die Wunder aus Glas entstanden, die sie mit ihrem Atem erschuf. Merle Hermanns Werken konnte jeder Laie ansehen, dass dahinter mehr Zwang und Gewalt, sie genau so zu formen und nicht anders, steckte. Sogar Räuber, der nun tot im Park lag, hatte Han nicht absprechen könne, das zu tun, was er tun musste. Auch wenn unter dessen Eitelkeit und Selbstverliebtheit wahrscheinlich einiges an Kraft verloren ging. Nur Arne Kaiser, der blonde strahlende Arne Kaiser, hatte bisher keinen Deut dieser Besessenheit gezeigt. Und auch jetzt saß er, mit baumelnden Beinen, auf einem der Tische und schaute Isabella nach, die weiterhin im Raum auf und ab ging.

Mit Arne Kaiser stimmte etwas nicht – darin war Han mit Räuber einer Meinung gewesen, hatte sich aber gehütet, es zu sagen.

So wie er sich zeit seines Studiums gehütet hatte, sich auf eine der unzähligen Diskussionen einzulassen, was Kunst denn überhaupt sei. Für ihn war die Antwort nämlich einfach. Künstler war nicht der, der Kunst machte, sondern Künstler war, wer Kunst machen *musste*.

Die Tür ging auf, und Merle Hermann betrat den Raum. Die Energie, die die muskulöse Frau umgab, beeindruckte Han immer wieder aufs Neue. Jemand wie Arne Kaiser schien daneben förmlich zu schrumpfen, und Isabella, die die amerikanische

Künstlerin mit großen Augen ansah, mutierte neben ihr innerhalb von Sekunden zu einem kleinen, bewundernden Kind. Und er?

Doch bevor er seinen Gedanken zu Ende denken konnte, ergriff Arne Kaiser das Wort.

»Wir sollten weitermachen, als Hommage an Räuber.«

Han musste ein Lachen unterdrücken. Die Idee war so absurd, so unverschämt und in seinen Augen auch so pietätlos, dass sie fast schon wieder gut war. Aber so einfach war es nun einmal nicht, und daher hob er den Blick und blickte Kaiser neugierig an.

»Eine Hommage? Mit einem Haufen Scherben in der Mitte, die auch noch ein Tatort sind?«

Isabella schaute erschrocken auf.

»Ein Tatort?«

Han, der immer wieder merkte, wie gut er darin war, Informationen zu sammeln, zuzuhören und zu beobachten, nickte.

»Ja. Die Polizistin hat alles absperren lassen. Und jetzt wimmelt es von Polizei. Ich wette, die Ausstellung wird geschlossen. Und nicht nur für heute oder morgen. Sondern ganz.«

Han war Realist, und es war nicht sein Ding, lange um den heißen Brei herumzureden.

»Das war es für uns, Leute. Wir können froh

sein, wenn uns der Abtransport unserer Sachen noch bezahlt wird.«

Isabella sah immer noch erschrocken in die Runde und schien Han gar nicht gehört zu haben.

»Ein Tatort?«

Merle Hermann ergriff nun das Wort, und ihre tiefe Stimme war ruhig und gelassen.

»Ich denke, das ist einfach das übliche Vorgehen. Sie werden schnell feststellen, dass es ein Unfall war. Das Glas ist gebrochen, vielleicht war es ja schon durch den Transport beschädigt, und eine kleine Berührung reichte aus, um …«

Sie brach ab und wandte sich an Isabella.

»Das kann doch passieren, oder?«

Doch die Antwort kam auch für Han unerwartet zögerlich.

»Ja, schon. Manchmal. Wenn heißes Glas zu schnell kalt wird. Oder wenn ein so großes Objekt wie die Würfel von Räuber schon vorher einen Riss gehabt hätten. Aber dann wären sie wohl schon beim Transport zersprungen. Sie sind mit einem Transporter gekommen, die Erschütterungen der Straße hätten sie nicht überstanden. Es kann passieren – aber …«

Sie holte tief Luft.

»Aber ich halte das für sehr unwahrscheinlich, und das werde ich auch der Polizei so sagen.«

Arne Kaiser hörte auf, mit den Beinen zu baumeln, und sprang vom Tisch.

»Und was war es dann? Ein Vogel? Ich habe einmal gesehen, wie eine Taube gegen eine Fensterscheibe geflogen ist. Es war sogar eine zweifach verglaste Scheibe oder so. Deutsche Wertarbeit. Aber die Taube muss die Scheibe mit ihrem Schnabel getroffen haben – es machte peng, und die Scheibe zerbrach. Der Schnabel der Taube allerdings auch.«

Isabella zuckte zusammen, und Merle Hermann warf dem jungen Künstler einen bösen Blick zu.

»Es muss ein Unfall gewesen sein.«

Es muss. Han lehnte sich wieder zurück. Er befürchtete, dass alle Beteiligten noch mit einer Menge Fragen rechnen mussten. Kein Unfall, kein Zufall. Wenn der unsympathische Bösewicht in einem Kinofilm auf spektakuläre Weise starb, steckte dahinter mehr.

Merle Hermann holte ihn aus seinen Gedanken zurück.

»Es tut mir wirklich für euch, für uns alle leid. Ich weiß, was ich tue! Ich lade euch nach New York ein. Wir stellen dort noch mal zusammen aus. In meiner Stammgalerie. Die haben mich für nächstes Frühjahr angefragt, und wir machen daraus einfach eine gemeinsame Ausstellung. Als Titel können wir

Made in Germany oder so etwas nehmen. Was sagt ihr?«

Isabella strahlte Merle an, aber Arne verzog keine Miene. Auch Han merkte, dass er seltsam verhalten auf die Einladung reagierte. Arne sprach als Erster.

»Warum machst du das? Was springt für dich dabei heraus?«

»Es muss nicht immer darum gehen, was für einen selbst dabei herausspringt, verdammt noch mal. Ich mache das, weil ich, als ich in eurem Alter war, ebenfalls Hilfe bekommen habe. Ohne die Unterstützung einiger älterer Künstler wäre ich damals in New York niemals so weit gekommen. Und wir ...«

Merle brach ab und räusperte sich.

»Wir müssen zusammenhalten.«

Damit verließ sie den Raum, und Han schaute ihr nach.

Wieder ein Muss. Heute schien ein Tag zu sein, an dem die Welt so einiges müssen sollte.

Doch bevor er Isabella oder Arne nach ihrer Meinung fragen konnte, fuhr auf der Landstraße vor dem Fenster ein Rettungswagen mit Blaulicht vorbei und bog dann zum Schloss ab.

# 21

Harald!«

Warum in aller Welt starrte der Professor sie an, als wäre sie der Teufel persönlich?

»Was willst du hier?«

Sie strich sich die Haare aus dem Gesicht und bemerkte erst dann stirnrunzelnd die dicke Schicht rote Farbe auf ihren Händen. Sie hätte wirklich Handschuhe anziehen müssen, bevor sie sich an die Arbeit gemacht hatte.

»Ich bin gerade ziemlich beschäftigt.«

Die Augen des Professors wurden groß, und er blickte sie flehend an.

»Ute! Du hast doch hoffentlich nichts Unüberlegtes getan, oder?«

Ute starrte ihn an.

»Was?«

»Deine Hände!«

»Ja, ich hätte Handschuhe tragen sollen. Aber

keine Sorge, mit etwas Terpentin geht das wieder ab.«

»Terpentin?«

Er musterte sie immer noch verwirrt, wenn auch nicht mehr völlig entsetzt.

»Das ist Farbe?«

»Was denn sonst?«

Ute war in Gedanken schon wieder bei dem, was sie gerade in ihrem Atelier zu Ende gebracht hatte.

»Komm, schau es dir an!«

Wahrscheinlich war es einfacher, Harald zu zeigen, was sie gerade machte, als es ihm zu erklären. Er zögerte, also griff sie nach seinem Arm und zog ihn über die Schwelle.

»Nun komm schon!«

Er stolperte hinter ihr in die Wohnung, und sie ging mit großen Schritten voran in Richtung ihres Ateliers. Sie öffnete nach einem winzigen Zögern die große Tür und schob ihn an sich vorbei in den Raum.

»Schau!«

Sie beobachtete ihn genau. Sie kannte ihn lange genug, und er hatte wirklich nicht das geringste Talent, seine Gefühle zu verstecken. Das Leuchten in seinen Augen war nicht zu übersehen. Bis zu diesem Moment war ihr nicht klar gewesen, wie wichtig ihr seine Meinung war.

»Das ist genial! Ute, die Figuren sind fantastisch!«

Aufgeregt ging Harald in den Raum und schaute sich um. Vor ihrem letzten Werk, dem, an dem sie seit dem Vorfall auf der Terrasse gearbeitet hatte, blieb er endlich stehen und lachte laut auf.

»Das ist Räuber!«

Die Figur war, wie die unzähligen anderen in ihrem Atelier, vielleicht 25 Zentimeter hoch und aus einem wilden Mix aus Gips, Stoff, Draht und Holz gefertigt. Nichts an ihr war glatt oder rund. Sie zeigte einen alten Mann mit der Schnauze eines Hundes oder Wolfes, der zahnlos knurrte. Das Gesicht und die ganze Haltung, inklusive einer Art dunkelroten Fellmantels, wirkten aggressiv. Doch das Knurren war schwach. Ein alter Wolf, der kurz davor war, in seine Bestandteile zu zerfallen. Ute stellte sich neben den Professor und betrachtete ihre Figur.

»Als ich gehört habe, was er gesagt hat, über meine Arbeit, über mich, war ich wütend, unendlich wütend. Aber als ich dann hier oben war und mir meine Figuren angesehen habe, da wusste ich einfach, dass ich meine Wut nutzen musste, um ihn abzubilden. Diesen alten, zahnlosen Hund, der sich selbst an eine Kette aus Unfreundlichkeit und Verachtung gelegt hat.«

Ute atmete tief aus.

»Fass sie bitte nicht an, der Gips und die Farbe sind noch nicht trocken. Und siehst du die grauen Stofffetzen? Die sind aus seinem eigenen Schal gemacht. Er hat ihn gestern Abend in der Halle liegen gelassen, und ich habe ihn mitgenommen. Eigentlich, um ihn zurückzugeben, dachte ich, aber vielleicht wusste ich auch gestern schon, dass ich ihn gebrauchen würde.«

Den teuren grauen Schal in kleine Streifen zu schneiden und dann in rote Farbe zu tunken hatte gutgetan. Ute grinste.

Der Professor blickte sich weiter um.

»Hast du mich auch *gemacht*? Ist das das richtige Wort?«

»Das ist deine erste Frage? Du eitler Pfau!«

Sie lachte.

»Ja, dich gibt es auch. Hinten, auf dem Regal an der Wand. Du hast einen Ehrenplatz bekommen. Zusammen mit Lotte und Chris und all den anderen.«

Sie beobachtete, wie er langsam durch den großen Raum ging und dann vor den Figuren stehen blieb. Als er sich umdrehte, standen Tränen in seinen Augen.

»So schlimm?«

»Ach Ute, du blöde Kuh! Warum hast du uns das denn nicht schon viel früher gezeigt!«

Er zeigte auf die Figur, die ihn darstellen sollte. Sie hatte ihn klein und fast kugelrund geformt und ihm einen Hut und eine Peitsche wie Indiana Jones gegeben. Neben ihm saß seine treue Bulldogge Rosa, die ebenfalls einen Hut trug. Außer seiner Figur standen dort auch noch die ihrer Freunde. Lotte hatte sie als eine Art Amazone mit einem Speer in der Hand dargestellt, neben ihr stand Hannes, natürlich als blonder Elvis. Hannes' Figur trug einen Anzug aus schwarzen und weißen Schnipseln. Sie hatte sie in mühevoller Kleinarbeit aus alten Fotos ausgeschnitten und zusammengesetzt. Ein richtiger Elvis-Anzug. Chris' Figur hingegen hatte große Ähnlichkeit mit einem Windhund, und der kleine Arztkoffer, den er in der Hand trug, machte es perfekt. Als der Professor ihre Hand nahm, schluckte sie.

»Ich wusste einfach nicht, wie ihr reagieren würdet. Und vielleicht war ich auch schüchtern. Deswegen bin ich Räuber fast dankbar für seine gemeinen Kommentare. Denn ich werde es diesem arroganten Schnösel heimzahlen. Gleich morgen bewerbe ich mich bei sämtlichen Galerien. Und seine Figur werde ich in den Mittelpunkt meiner ersten Ausstellung setzen. Der wird sich noch wundern!«

Harald schien etwas sagen zu wollen, aber Ute sprach schnell weiter.

»Dachtest du, ich würde mich wirklich von seiner Kritik entmutigen lassen? Ich freue mich darauf, Räubers belämmertes Gesicht zu sehen, wenn er die Zeitungsartikel zu meiner ersten Ausstellung in den Händen hält. Der alte Sack wird gar nicht wissen, wie es ihm geschieht!«

Harald starrte sie an, und sie wunderte sich, warum er nichts sagte.

»Was? Bist du entsetzt, weil ich alter Sack zu Räuber gesagt habe? Na ja, das ist doch nur die Wahrheit. Sogar die doppelte Wahrheit.«

Ute gluckste, aber als noch immer keine Reaktion kam, wurde sie unruhig. Harald schluckte und nahm dann ihre Hände in seine, ohne auf den Gipsstaub und die Farbreste zu achten.

»Ute – hast du es denn noch gar nicht mitbekommen?«

Er zog sie näher an eines der Fenster im Raum, von dem sie einen Blick auf den Park, die Wiese und das rot-weiße Flatterband hatten, das die Stelle absperrte, wo einst Räubers glänzend schwarze Würfel gestanden hatten.

»Was soll das?«

»Der alte Sack ist tot, Ute!«

# 22

Selin war von Schloss Bucheneck direkt in die Wohnung gefahren. Nach Hause gefahren, sie sollte üben, nach Hause zu sagen. Denn das war Rostock nun für sie.

Der Fahrstuhl, der sie durch den sanierten Plattenbau bis in den obersten Stock gebracht hatte, hatte in den Wochen ihrer Abwesenheit einige neue Graffiti bekommen. Sie kannte die Tags nicht, aber würde bei Gelegenheit einmal schauen, wer denn so in ihrem Viertel unterwegs war.

Nachdem sie die Wohnungstür aufgeschlossen und sich die Schuhe von den Füßen gestreift hatte, führte sie ihr erster Weg ins Bad. Sie hatte sich im Schloss schon das Blut der Freifrau sorgfältig von den Händen gewaschen, aber trotzdem immer noch das Gefühl, es zu riechen. Während sie das eigentlich schon zu heiße Wasser über ihre Hände laufen ließ, sah sie sich im Spiegel kurz an, dann wieder weg. Es gab Tage, an denen es besser war, sich nicht in die Augen zu schauen. Sie hätte es nicht wissen können! Niemand hätte ahnen können, dass nur wenige Meter von der Wiese und dem Sonnenlicht entfernt die Freifrau in ihrem Büro lag und aus einer großen Platzwunde am Kopf auf den weißen Teppich blutete.

Selin hatte versucht, die Blutung zu stillen, und Chris Christiansen hatte den Notarzt angerufen. Zum zweiten Mal war also an diesem Tag ein Wagen mit Blaulicht auf den Platz vor dem Schloss gefahren. Und wenige Minuten später mit der Freifrau, deren Nacken von einer Manschette gestützt und deren Kopf mit weißer Gaze umwickelt worden war, Richtung Rostock gerast.

Die Ärztin hatte nicht viel gesagt, ein CT würde Klarheit bringen. Selin versuchte, den Gedanken an Hirnblutungen und Schwellungen, an Schädelbrüche und den Tod loszuwerden, drehte den Wasserhahn zu und zog sich um. Alles, was sie heute getragen hatte, wanderte in die Waschmaschine, und sie schlüpfte in eine kurze Hose und ein dünnes Hemd.

Auf dem Weg zu ihrer offenen Küche kam sie an der geschlossenen Tür des leeren Zimmers vorbei. Das Zimmer, aus dem sie irgendwie eins für ihre Töchter machen müsste. Die beiden waren schon einmal, bei ihrem ersten Einsatz in Rostock, zu Besuch gewesen – und sie hatte das Entsetzen im Gesicht ihrer Kinder gesehen. Das Industrieviertel, der einsame Wohnblock, der Fahrstuhl, die noch fast völlig leere Wohnung. Das mochte ihnen in den Videos irgendwelcher Musiker gefallen, aber in echt sah es dann doch anders aus. Wie hatte es passieren können, dass ihre beiden Töchter, die in der Berliner Villa in Grunewald zwischen Skiferien und Hockeyspielen aufgewachsen waren, so wenig davon wussten, wie das Leben auch noch aussehen konnte? Dabei war ihre Wohnung, die der Makler bei der ersten Besichtigung stolz als Penthouse mit Panoramablick beschrieben hatte, viermal so groß wie die Wohnung, in der Selin selbst aufgewachsen war.

Sie verschob das Problem der Besuche in den hintersten Winkel ihres Kopfes. Vor allem, da sie nach dem letzten Streit gar nicht wusste, ob die beiden sie überhaupt besuchen kommen würden. Sie waren auf Alex' Seite – und sosehr sie ihm dafür die Schuld geben wollte, konnte sie es doch nicht. Die Einsätze in den letzten Jahren hatten sie oft für Wochen völlig gefordert. Alex war der Stabile, Alex war der, der die Namen ihrer Mitschülerinnen und deren Eltern kannte. Alex sagte keine Hockeyspiele in letzter Sekunde ab. Und Alex war nicht eines

Tages mit einer schweren Verletzung im Krankenhaus aufgewacht und hatte nicht erzählen dürfen, was da überhaupt passiert war.

Rostock würde einiges ändern, keine versteckten Einsätze mehr, keine Nacht- und Nebelaktionen. Aber es war wohl zu spät. Selin ging zum Kühlschrank und hoffte, dort noch auf etwas Essbares zu stoßen. Für alle Fälle hatte sie aber zu dem am nächsten gelegenen Lieferservice, der von Pizza über Döner bis zu indischen und thailändischen Gerichten alles anbot, Kontakte geknüpft und mit einem guten Trinkgeld dafür gesorgt, dass die Lieferboten auch die vielen Treppen zu ihr in den neunten Stock hochkommen würden, wenn der Fahrstuhl wieder einmal ausfiel.

Der Kühlschrank war bis auf einen Becher Joghurt, dessen Haltbarkeitsdatum sie wohl ignorieren müsste, leer. Sie suchte nach einem Löffel und wollte gerade durch die Schiebetür auf die Terrasse gehen, als es an der Tür klingelte.

»Du hast dein Handy nicht gehört.«

Vor der Tür stand, wie immer in hohen Schuhen und wie aus einer amerikanischen Anwaltsserie entsprungen, Staatsanwältin Katharina Friedrich. In der einen Hand eine sicherlich schweineteure Aktentasche, in der anderen ein Sixpack Bier.

Selin freute sich, Katharina zu sehen.

»Komm rein. Ich wollte gerade Essen bestellen.«

Was eine kleine Lüge war, denn sie wäre alleine wahrscheinlich nur mit dem Joghurt im Bauch und Selbstmitleid auf der Seele ins Bett gegangen.

»Ja, gerne. Ich komme direkt aus dem Büro. Ich will eine Pizza mit irgendwas Scharfem und Fettigem obendrauf.«

Selin grinste. Auch deswegen mochte sie sie.

Katharina Friedrich trat ihre hohen Schuhe mit einem Seufzer von den Füßen und war dadurch plötzlich fast einen halben Kopf kleiner als Selin. Dann stellte sie ihre Aktentasche auf das breite Sofa, das neben dem Fernseher das einzige Möbelstück im offenen Wohnzimmer war, und drehte sich zu Selin um.

»Vor dem Essen reden wir über deinen neuen Fall, danach über alles andere?«

Selin nickte – auch wenn es ihr meistens deutlich leichter fiel, über die Arbeit zu sprechen als über *alles andere.*

»Dann fange ich einmal mit den guten Neuigkeiten an: Die von Sonneborn ist wach geworden. Sie hat eine leichte Gehirnerschütterung und eine große Platzwunde, aber das CT war unauffällig. Laut ihrem Vater, der die ganze Zeit neben ihrem Bett stand, hat sie erzählt, sie wäre ins Büro gekommen, hätte gesehen, dass das Bild, hinter dem der Safe in die Wand eingelassen ist, auf dem Boden stand und dann nichts mehr. Ihr Angreifer muss hinter der Tür gestanden haben.«

Selin atmete erleichtert auf und schob dann die breite Terrassentür auf, die auf den umlaufenden Balkon führte, der der wahre Grund war, warum sie diese Wohnung unbedingt hatte haben wollen. Manch einer mochte den Blick auf die Industriebrachen, die alten Bahnschienen und die Parkplätze nicht besonders schön finden, doch dahinter leuchtete das blaue Wasser des Rostocker Hafens, und wenn man einige Schritte zur Nordseite des Balkons ging, konnte man Warnemünde und die Ostsee sehen. Katharina Friedrich war ihr gefolgt und hielt ihr eine der Bierflaschen entgegen.

»Sie hatte Glück. Der Safe war nicht geöffnet, wahrscheinlich hat sie den Täter überrascht.«

»Ja.«

Gemeinsam schauten sie einen Moment schweigend aufs Wasser.

»Glaubst du, der Einbruch und die Zerstörung des Kunstwerkes von Tim Räuber hängen irgendwie zusammen?«

Selin zuckte mit den Schultern.

»Wir warten noch auf die Ergebnisse der Spurensicherung und der Rechtsmedizin. Laut der anderen Glaskünstlerin, Isabella de Santis, kann ein Kunstwerk aus Glas in seltenen Fällen auch spontan zerspringen, aber so ganz kann sie es sich auch nicht erklären.«

»Gibt es denn überhaupt irgendeinen Hinweis darauf, dass wir es nicht mit einem Unfall zu tun haben? Außer dem Angriff auf die Freifrau?«

Wieder zuckte Selin mit den Schultern, dann war aus der Küche das Klingeln ihres Handys zu hören.

»Ich hab noch Bereitschaft, Moment.«

Sie ging in die Küche, nahm ab und lauschte der Stimme, die an ihr Ohr drang. Sie konnte Katharinas neugieriges Gesicht sehen, das durch die Fenster zu ihr schaute.

»Oh, danke. Schicken Sie mir den schriftlichen Bericht in Ruhe dann morgen zu. Ja, Sie haben mir sehr geholfen. Ja, das denke ich auch.«

Selin stand noch einen Moment im großen Küchentresen, dann ging sie wieder hinaus. Mittlerweile stand die Sonne so tief, dass sie die Häuser und Dächer der Stadt golden färbte.

»Du hast nach einem Hinweis auf Mord gefragt? Jetzt gibt es ihn. Die Spurensicherung hat etwas gefunden.«

»Was?«

»Eine Kugel aus Stahl. Sie lag unter den Scherben.«

»Gehörte sie vielleicht zu dem Kunstwerk?«

Selin schüttelte den Kopf.

»Die Kugel ist glatt poliert und hat einen Durchmesser von zwanzig Millimetern.«

Kurz wirkte die Staatsanwältin verwirrt, dann verstand auch sie die Bedeutung.

»*So* eine Kugel also. Das ändert alles, oder?«

Selin zuckte wieder nur mit den Schultern und nahm einen großen Schluck aus ihrer Bierflasche.

»Die Frage lautet jetzt also: Wollte jemand einfach Räubers Kunstwerk zerstören oder …«

Sie machte eine Pause, und Katharina beendete ihren Satz:

»… oder Räuber gleich mit?«

# 23

Der Professor lag im Bett und konnte nicht einschlafen. Das war kein unbekanntes Phänomen für ihn. Zu vieles, worüber man nachdenken konnte. Zu vieles, worüber man sich Sorgen machen konnte. Zu vieles, wovon man träumen konnte. Normalerweise begrüßte er seinen rotierenden Gedanken um diese Uhrzeit, wie man alte Freunde begrüßte. Aber in den letzten Wochen hatte sich das geändert. Und der Grund dafür war Dietlind. Dietlind, die in ihrem kleinen Haus in Pfuhlhagen lebte und dort ihrem zerplatzten Traum eines Yoga-Zentrums nachhing. Dietlind, die vor zwanzig Jahren aus Berlin geflohen war in der Hoffnung, hier einen Neuanfang zu schaffen. Und obwohl er sich sicher war, dass Dietlind ebenso wie er in ihrem Bett lag und grübelte, hatte sie doch etwas, um das er sie beneidete: Dietlind hatte sich trotz all ihrer Probleme die Fähigkeit bewahrt zu glauben. Nicht an einen christlichen Gott, zumindest hielt Harald das für unwahrscheinlich. Aber an viele kleine Dinge. Daran, dass der richtige Atem helfen kann, Frieden zu finden. Und sei es auch nur für eine Minute. Daran, dass in dieser einen Minute Frieden der Keim für mehr liegen könnte. Sie hatte in ihrem Gartenhaus, das ihr auch als Yogastudio diente, einen Altar errichtet, auf dem sich eine wilde Mischung aus Gegenständen befand, an die man glauben konnte. Er hatte sich die Figuren eingeprägt: eine Buddhafigur mit rundem Bauch und großen Ohrläppchen, das Gesicht zu einem breiten Lächeln verzogen. Eine finster blickende kleine Statuette Shivas, die ihre vier Arme im Tanz erhoben hatte. Ein Schlüsselanhänger mit einer ägyptischen Kartusche, die Schu zeigte, die Gottheit des Windes. Eine schwarze Madonna mit hohen Wangenknochen und in aufrechter Haltung. Ein Zettel mit einer Kalligrafie, die den Namen Allahs darstellte. Die Gottheiten Rangi und Papa aus der maorischen Schöpfungsgeschichte in inniger Umarmung. Eine Zeichnung Amaterasus, der Sonnengottheit des Shintō, Und daneben Tinkerbell, der Weihnachtsmann und eine Art Kobold, wie man ihn an jeder Straßenecke in Irland kaufen konnte. Die Mischung war abenteuerlich – und hatte ihn vom ersten Moment an seltsam berührt.

Um die Selbstverständlichkeit, mit der Dietlind an die Möglichkeit all dieser Ideen glaubte, beneidete der Professor sie.

Harald schaltete das Nachtlicht an, griff nach seinem Handy und tippte eine Nachricht ein.

– Noch wach?

Ja, sitze im Garten und schaue in die Sterne. –

Auch das war etwas, was er gerne können würde. In den Himmel zu schauen und Sterne zu sehen, nicht Sternbilder oder physikalische Himmelskörper, sondern einfach nur Sterne. Er lächelte bei dem Gedanken an Dietlind, die wahrscheinlich eingewickelt in eine dicke und garantiert sehr bunte Decke auf einem ihrer Gartenstühle saß und, den Kopf in den Nacken gelegt, die Sterne betrachtete. Warum war er nicht da draußen irgendwo, sondern lag, Gedanken wälzend, in seinem Bett?

– Ich freue mich auf morgen.

Er zögerte. Sollte er der Nachricht ein Emoji beifügen? Vielleicht das Gesicht mit den Herzaugen? Das tat man doch, zumindest Dietlind machte das ständig, und auch Ute hatte einen Hang dazu, eine Vielzahl an bunten Bildchen hinter jeden ihrer Texte zu hängen. Er würde es tun.

Oder sollte er doch lieber das schlichte lächelnde Gesicht nehmen? Die Frage war nicht unerheblich. In früheren Zeiten waren Symbole und deren tradierte Bedeutungen ebenso wichtig gewesen wie die Nachricht selbst. Wie die Sprache der Blumen, bestimmte bedeutungsvolle Bewegungen mit einem Fächer, die Art, wie Kleidung gesteckt, gefaltet oder gefärbt gewesen war. Die Erfindung der romantischen Liebe (wobei der Romantiker in ihm eigentlich glauben wollte, dass Menschen schon vor dem Mittelalter so einander zugewandt gewesen waren) hatte das Leben ganz schön kompliziert gemacht. Aber das war die Natur eigentlich auch. Das Männchen des australischen Seidenlaubenvogels suchte blaue Blüten und Dinge, die er rund um die von ihm gebaute Laube seinem Weibchen in einem genau bestimmten Muster präsentierte. Und seine in die Höhe gereckten Schwanzfedern präsentierte er gleich mit.

Seinen eigenen Hintern hatte Dietlind, nun ja, schon mehrmals in mehr als nur unvorteilhafter

Weise gesehen. In die Luft gereckt, zu Boden gedrückt, schweißbedeckt.

Er entschied sich für das Emoji ohne die Herzen und hoffte inständig, es würde seine Botschaft an Dietlind zuverlässig vermitteln.

Sie mochten einander, sie mochten sich auch riechen, was bei aller Romantik dann doch ein entscheidender Faktor war, aber das ganz große Prickeln blieb aus. Hätte er nicht mit Lotte und Hannes über Jahre hinweg ein Paar gesehen, das sich bei der kleinsten beiläufigen Berührung auch nach Jahren noch innig ansah und diesen Funken in den Augen beider dabei. Es ging nicht um Sex – also nicht so. Er mochte ihn, auch wenn er ihm bisweilen mühsam erschienen war und er die Fixierung einiger seiner Kommilitonen aus Studienzeiten darauf eher als anstrengend empfunden hatte. Sex konnte schön sein. Aber das Risiko, dass er es nicht war, musste bedacht werden. Ob Ute und Jonny wohl …

Genug war genug. Er drückte auf Senden. Die Antwort kam umgehend:

**Ich mich auch. Um 4:48 geht die Sonne auf. –**

Harald stöhnte. Wenn er sich morgen, wie so oft in den letzten Wochen, noch vor Sonnenaufgang aus dem Schloss schleichen und in Richtung Pfuhlhagen gehen wollte, sollte er auf jeden Fall seine Ausrüstung wiederbeschaffen. Die Freifrau war wieder bei Bewusstsein, hatte ihren Angreifer aber nicht gesehen. Das hatte ihm Lotte erzählt. Lotte hatte heute, nachdem die Polizei endlich verschwunden war, mehrmals mit einem nachdenklichen Blick auf die Überreste von Räubers Kunstwerk geschaut. Die Metallstangen ragten wie Krallen in den Himmel. Aber in Lottes Blick hatten Zweifel gelegen und Sorge. Sie wusste etwas, nur was? Sie würde ihm hoffentlich früh genug erzählen, was in ihrem Kopf vor sich ging. Und nicht erst, wenn es schon kurz vor der Katastrophe stand. So wie damals in Ji-Paraná, als sie …

Harald schüttelte kurz den Kopf und stand auf. Seine Füße suchten seine Pantoffeln, die wie immer vor seinem Bett standen. Ein Weihnachtsgeschenk von Ute, sie sahen aus wie aus Tausendundeiner Nacht und waren ihm drei Nummern zu groß. Zusammen mit ihrer glatten Ledersohle und dem fehlenden Halt mehr eine Einladung, zu stürzen, denn ein vernünftiger Schuh. Wenn er sich jetzt in Erinnerungen an frühere Abenteuer verlor, würde er gar nicht mehr aus dem Bett kommen. Er schlüpfte in die Schuhe und griff nach der Taschenlampe auf seinem Nachttisch. Die elektrischen Leitungen im Schloss hatten so ihre Tücken, und Stromausfälle gehörten zum Alltag. Warum die Architekten, die alles so schick geplant hatten, nicht in der Lage gewesen waren, ein funktionierendes Stromnetz einzubauen, war ihm wie so vieles im Leben ein Rätsel. Er schlurfte ins Wohnzimmer, wo seine treue Bulldogge Rosa wie immer unbeweglich neben dem Kamin Wache hielt. Er strich ihr kurz über den Kopf und ging zu seiner Wohnungstür. Auf dem Flur und auf der Treppe war nur das schwache Licht der Notbeleuchtung zu sehen. Und er würde sich hüten, auf den Lichtschalter zu drücken. Wahrscheinlich wäre Lotte dann schneller auf den Beinen, als er *Honolulu* sagen könnte. Leise schlich er die Treppen hinunter und fluchte, als er zweimal fast auf dem blank polierten Parkettboden ausrutschte.

Als er die Milchkanne erreichte und gerade den Deckel abheben wollte, hörte er über sich ein Geräusch und erstarrte …

# 24

Es war ein Fehler gewesen, nach Bucheneck zu kommen. Wäre er nicht hergezogen, würde seine Tochter jetzt nicht mit einer Platzwunde am Kopf im Krankenhaus liegen.

Jonny Heuer saß an dem großen Schreibtisch, den er vor einem der Fenster seiner neuen Wohnung platziert hatte. Das Fenster ging hinaus zum Vorplatz des Schlosses. Die meisten der anderen Bewohner bevorzugten den Blick auf den Park oder den Wald, aber er nicht. Zeit seines Lebens hatte er immer dafür gesorgt, dass er einen Blick auf das werfen konnte, was ihm entgegenkam. So wie er nie in einem Restaurant mit dem Rücken zur Tür sitzen könnte. Aus Vorsicht? Vielleicht. Aus Neugierde? Auf jeden Fall. Als er aus dem kleinen Schrottplatz seiner Eltern in Duisburg nach und nach erst einen Trödelladen und später den Stammsitz einer ganzen Ladenkette gemacht hatte, hatte er seinen Schreibtisch so aufgestellt, dass er jeden einzelnen Kunden sehen konnte, der das Hoftor durchfuhr. Der erste Blick verriet so einiges über einen Menschen. Zum einen das, was sie einen sehen lassen wollten: die Automarke, die Kleidung, der Schmuck. Aber dann, vor allem, wenn sie sich noch unbeobachtet fühlten, kam das, was viele Menschen nicht verstecken konnten. Das, was vielen Menschen nicht bewusst war. Die Körperhaltung, die Bewegungen, die Blicke, mit denen sie den Hof und den Laden musterten.

Und wenn er auf einen Menschen traf, der auch diese Dinge ständig unter Kontrolle hatte, wurde er misstrauisch.

Er selbst hatte ein Händchen für alte Gegenstände – und eine gute Nase dafür, was an Wert gewinnen würde. Möbel, Porzellan, Bilder, Schmuck. Er kaufte günstig an, oft zu Zeiten, in denen kein Hahn nach den Stücken krähte, lagerte ein und verkaufte zehn Jahre später mit Gewinn weiter. Seine Leute fuhren mit seinen auffälligen schwarzen Transportern, auf deren Seiten eine goldene Krone, sein Markenzeichen, geklebt war, über die Dörfer und standen bei Haushaltsauflösungen oft als Erste vor der Tür. Er war fair – die meisten Erben waren froh, wenn sie für den Abtransport der alten Eichenschrankwände nicht noch zahlen mussten –, und er freute sich über das, was er und sein Team oft noch hinter diesen Schrankwänden fanden. Als die Grenze zur DDR fiel, schickte er seine »Sammler«, wie er sie nannte, als Erster hinüber, Bündel mit Markscheinen in der Hand und auf der Suche nach Schmuck und Antiquitäten. Einige beschimpften ihn als Aasgeier – er jedoch war mit sich im Reinen. Anders als viele seiner Konkurrenten vermied er Zwangsversteigerungen, die er als die eigentliche Leichenfledderei empfand. Er war geschickt darin, seinen Kunden, die in der Klemme steckten, Bargeld an den Behörden und Banken vorbei zukommen zu lassen und die erworbenen Waren bei anderen Ankäufen unterzumogeln. Er zahlte Steuern, nicht zu wenig, und hatte dem Sport- und Fußballverein seines Heimatdorfes eine neue Turnhalle gebaut. Als seine Frau viel zu früh starb, war er am Boden zerstört, musste aber für seine Kinder stark bleiben. Als Sandra von ihrem adeligen Windhund umworben wurde, war er dagegen, wusste aber auch, dass er in diesem Fall machtlos war. Als Hubert von Sonneborn sich dann als das untreue Arschloch entpuppte, das er war, stand Jonny bereit, sein kleines Mädchen zu trösten. Doch seine Tochter, seine fantastische Tochter, brach weder zusammen, noch kehrte sie zu ihm zurück. Vielmehr machte sie aus dem spärlichen Rest des Erbes ihres

Ehemannes ein kleines Vermögen, gründete die Sonneborn AG und schaffte sich auf Schloss Bucheneck mit ihren Pferden ein Zuhause.

Aber nun lag sein Mädchen, seine Kleine, in einem Krankenhausbett, und ihr Schlaf wurde von Maschinen überwacht.

Jonny war stolz darauf, seine Gefühle immer unter Kontrolle zu haben, aber der heutige Tag brachte ihn an seine Grenzen. Zuerst verletzte dieser Schweinehund Tim Räuber Ute. Die wunderbare Ute, die ihn in den letzten Monaten umgehauen hatte. Doch um Räuber brauchte er sich keine Gedanken mehr zu machen. Was für eine Ironie, dass er von seinem eigenen Kunstwerk getötet worden war.

Aber der Überfall auf Sandra war eine ganz andere Sache. Eine Sache, die ihn zum Handeln zwang. Jonny griff zu dem Glas mit Brandy, das neben ihm stand, und versuchte, seine Hand dabei ruhig zu halten. Er würde denjenigen finden, der seine Kleine verletzt hatte. So oder so.

Kurz dachte er wieder an Ute, die ihn ins Krankenhaus begleitet hatte. Ute hatte vor dem Krankenzimmer auf ihn gewartet. Ruhig. Ungewöhnlich ruhig. Auch auf dem Rückweg hatte sie geschwiegen, dann aber seine Hand genommen und ihn angesehen.

»Sie wird gesund.«

»Ja.«

»Sie werden den Täter finden.«

»Werden sie das?«

Ute hatte nicht widersprochen und nur leise gelächelt.

»Sonst werden wir das tun, oder?«

Was für eine Frau! Und wenn er richtiglag und ihre Geschichten, die viele einfach nicht ernst nahmen, doch nichts anderes als die volle Wahrheit waren, wenn auch eine nicht ganz ungefährliche. Trotzdem musste er sie außen vor lassen. Denn die Schuld für alles, was passiert war, lag bei ihm. Und genau diese Schuld ließ ihn nun an seinem Schreibtisch sitzen und drauf warten, dass es im Schloss endlich dunkel und still wurde. Denn dann würde er wohl oder übel ebenfalls in das Büro seiner Tochter einbrechen müssen.

# 25

He!«

»Ahhhhh!!!«

Nein, er hatte nicht gekreischt. Sicherlich nicht. Ein männliches kurzes erschrockenes Aufmerken, ja. Aber kein Kreischen.

Entsetzt schaute er die Treppe hinauf, wo auf dem Absatz über ihm nur eine in einen dunklen Trainingsanzug gekleidete Gestalt stand und ihm mit einer Taschenlampe ins Gesicht leuchtete.

»Harald, verdammt!«

Die Taschenlampe wurde ausgeschaltet, und er blinzelte. Die Stimme gehörte zu Jonny Heuer.

»Ich hätte dich fast niedergeschlagen! Was machst du hier?«

Aber Harald hatte nicht vor, eine Antwort zu geben. Also versuchte er es mit dem alten Trick der Gegenfrage.

»Was machst du hier, Jonny?«

»Ich habe ein Geräusch gehört, lieber Harald. Und du?«

»Ich habe ein Geräusch gehört, lieber Jonny.«

Das darauffolgende Schweigen wurde nur durch seine eigenen aufgeregten Atemzüge gestört. Wahrscheinlich würde sein Herz noch bis morgen früh rasen, so wie er sich erschrocken hatte. Harald musterte den ihn immer noch skeptisch und auch ein wenig bedrohlich anstarrenden Mann und versuchte einen anderen Weg.

»Ich habe gehört, deiner Tochter geht es besser?«

Sofort entspannten sich Jonny Heuers Gesichtszüge.

»Sie hat einen Dickkopf. Den hat sie von ihrer Mutter.«

»Ich bin froh, dass ihr nichts Schlimmeres passiert ist. Erst Räuber und dann das.«

Harald zögerte kurz, sprach dann aber schnell weiter.

»Ich habe Räuber heute früh, nachdem er so über Ute gesprochen hat, wirklich den Tod gewünscht.«

Er wusste ja nicht, wie Jonny zu seiner Freundschaft mit Ute stand. Meine Güte, er wusste ja selbst verdammt noch mal nicht, wie er zu Ute stand. Aber Jonny nickte nur.

»Ich auch. Und manchmal werden Wünsche wahr, oder?«

»Und manchmal hilft auch einfach jemand nach.«

Sie schwiegen, und Harald bemerkte, dass Jonny ihn mit einem merkwürdigen Blick musterte.

»Du meinst, jemand hatte bei Räubers Tod seine Finger im Spiel?«

Harald dachte an das Blut, das seine eigenen Hände besudelt hatte, als er an Räubers Hals nach einem Puls gesucht hatte. Er schaute sie an und nickte dann nachdenklich. Und bei dem Gedanken an Blut und Hände musste er an die Bibel denken und an Psalm 26, in dem David zu Gott betet. Der Psalm, der später Pontius Pilatus in den Mund gelegt wurde. Leise murmelte er daher:

»Ich wasche meine Hände in Unschuld und umschreite, Herr, deinen Altar, dir zu danken mit lauter Stimme …«

Jetzt blickte Jonny ihn bestürzt an.

»Hast du etwa Räubers Blut an deinen Händen, Harald?«

»Ja. Aber ich habe es abgewaschen. Das ganze Waschbecken war rot.«

Harald hatte das Becken, so gut es ging, gesäubert, damit seine Reinigungsfrau, die zweimal die Woche kam und versuchte, gegen die Unordnung, seine Bücherberge und ihren erklärten Erzfeind, den Staub, anzukommen, nicht bei dem Anblick von Blut erschrecken würde.

Jonnys Stimme war nun sehr ernst und leise.

»O Harald! Bist du deswegen jetzt hier? Was ist in der Milchkanne?«

Harald seufzte. Er würde es Jonny wohl oder übel erzählen müssen.

»Meine Ausrüstung. Ich habe sie gestern schnell versteckt, damit mich niemand damit sieht.«

Jonny zog scharf die Luft ein.

»Bist du dir sicher, dass niemand etwas gesehen hat?«

»Ja, eigentlich schon. Na ja, Lotte ahnt etwas, sie ist einfach zu schlau. Aber ansonsten, glaube ich, hat niemand etwas mitbekommen.«

Harald richtete sich auf. Die Katze war also aus dem Sack.

»Wir waren ja dezent.«

»Wir?«

»Na ja, Dietlind und ich. Am Anfang war ich ja skeptisch, aber Dietlind hat mich überzeugt, dass es einfach an der Zeit war, etwas zu tun. Es war ihre Idee.«

»Dietlind? Dietlind Röge? Die Frau aus dem Dorf?«

»Ja, wer denn sonst.«

»Aber kannte sie Tim Räuber denn?«

Harald verstand die Frage nicht.

»Wieso sollte Dietlind Räuber kennen?«

»Ja, aber wenn du sagst, es war ihre Idee, dann …«

»Natürlich war es ihre Idee, aber ich meine, sie hat ja recht. Es geht mir nun so viel besser, und wenn ich morgens aufstehe, dann merke ich richtig, was für eine Last mir von den Schultern gefallen ist.«

»Last? Harald, du solltest wirklich nicht so über …«

Aber Harald war nun nicht mehr zu bremsen. Es tat so gut, endlich jemandem davon zu erzählen.

»Du solltest das auch mal versuchen, wirklich. Es ist eine Erfahrung, die sich nur schwer beschreiben lässt. Ich dachte ja immer, ich mache das nur einmal, und dann reicht es mir. Im ersten Moment fühlt es sich schrecklich an. Aber dann, es stimmt, was sie über das Adrenalin sagen, das dann durch deinen Körper pumpt. Das ist vielleicht nicht besser, aber fast so gut wie Sex. Ich glaube, ich werde zum Serientäter. Es tut einfach so gut …«

Harald brach ab, als er das Entsetzen in Jonnys Gesicht registrierte. Dieser wich von ihm zurück und hob seine schwere Taschenlampe hoch, als wollte er zuschlagen.

»Jonny, was ist denn los? Wieso …«

»Bleib stehen, Harald. Du bist ja krank.«

Harald verstand die Welt nicht mehr.

»Was? Krank? Aber ich fühle mich so viel besser! Du solltest nicht urteilen, bevor du es nicht selbst versucht hast. Ehrlich, das sind doch alles nur Vorurteile, die mit unserer Erziehung zusammenhängen. Wenn man einmal den Punkt überschritten hat, an dem man noch zögert, ist es eine unbeschreibliche Erfahrung!«

Jonny schien das nicht so zu sehen und wich noch ein Stückchen zurück. Mittlerweile berührte er mit seinem Rücken das Treppengeländer.

»Harald, geh zurück! Ich warne dich!«

»Aber Jonny? Was ist denn bloß los? Man könnte ja denken, dass du Angst vor mir hast!«

Doch bevor Jonny antworten konnte, ging das Licht im Treppenhaus an, und eine laute Stimme drang von unten an ihre Ohren.

»Ihr seid manchmal wirklich einfach dämlich!«

In der Halle stand Lotte, gehüllt in einen weißen Frotteebademantel, ihren Stock in der Hand.

Während Harald noch versuchte zu verstehen, was passiert war, kam Lotte die Treppe hoch, öffnete den Deckel der Milchkanne, zog seine Yogamatte heraus und drückte sie ihm in die Hand. Kopfschüttelnd sah sie die beiden Männer an.

»Harald spricht davon, dass er seit einigen Wochen heimlich bei Dietlind Yoga-Unterricht nimmt.«

Harald starrte Lotte entsetzt an. So viel zum Thema Geheimnis.

Doch Lotte hatte Jonny noch etwas zu sagen:

»Und du solltest dir ernsthaft überlegen, der Polizei zu sagen, wenn du etwas im Büro deiner Tochter versteckt hast. Und warum du glaubst, jemand hätte sie deswegen überfallen.«

Harald sah, wie Jonny blass wurde und Lotte anstarrte, als wären ihr Flügel – nein, als wären ihr Hörner gewachsen. Diese jedoch schien völlig ungerührt.

»Und jetzt geht ins Bett, verdammt noch mal. Für so einen Blödsinn bin ich wirklich zu alt …«

Sie raffte ihren Morgenmantel zusammen, rammte ihren Stock mit vielleicht ein wenig mehr Kraft auf den Boden als nötig, ging die Treppe hinunter wieder in ihre Wohnung und ließ zwei ziemlich verdattert aus der Wäsche schauende Männer zurück.

# 26

Hier ist 70, liebe Jenny.«

Die schmale Allee war an beiden Seiten von Bäumen gesäumt. Rechts und links lagen hinter den Bäumen weite Felder, auf einigen stand Getreide, auf vielen Mais, der als Futter und für die Biogasanlagen genutzt wurde. Und zu Jennys Freude wuchsen seit einigen Jahren auch wieder Sonnenblumen auf den Feldern. Einige der Bauern hatten zudem am Feldrand breite Streifen mit Blumen und Grün stehen gelassen. Roter Mohn und blaue Kornblumen leuchteten um die Wette. Sie liebte vor allem den roten Mohn, der sich trotzig dagegen wehrte, in einer Vase weiter zu blühen.

»Aber ich fahre doch nur knapp 60!«

Lottes Kommentar erstaunte sie, da sie immer besonders vorsichtig und vorausschauend fuhr, wenn sie am Steuer von Lottes Wagen saß.

»Eben. Wenn du noch langsamer wirst, überholen uns gleich die ersten Radfahrer. Wenn hier 70 steht, heißt das, dass du auf jeden Fall 80 fahren kannst.«

»Lotte!«

»Ich bezahle auch den Strafzettel.«

Jenny konnte Lotte ansehen, dass diese alles dafür geben würde, wieder selbst am Steuer zu sitzen. Aber ihr rechtes Knie, das nach einem Sturz im letzten Jahr immer noch Probleme machte, verhinderte es. Vor dem Sturz hatte Lotte regelmäßig ihren Mann Hannes in den Wagen gesetzt, und sie waren kreuz und quer über die von Bäumen gesäumten Straßen Mecklenburgs gesaust. Jenny konnte sich das sehr gut vorstellen. Ein wenig wie eine Szene aus einer Serie der Neunzigerjahre. Denn Lottes Auto war ein picobello gepflegter roter VW Golf Cabrio von 1985, der mittlerweile ein Oldtimerkennzeichen tragen durfte. Das leuchtend rote Auto, die lachenden Gesichter von Hannes und Lotte, der Fahrtwind, der den beiden die Haare aus dem Gesicht wehte.

Nur jetzt saß sie am Steuer, und sie fuhr eben dort, wo 70 war, eben auch 70 – maximal. Sie beschloss, Lottes Mäkeleien an ihrem Fahrstil zu ignorieren. Denn trotz solcher Kommentare liebte Jenny die Ausflüge mit Lotte. Und sie liebte Lotte und verdankte ihr so viel. Denn Lotte hatte im letzten Jahr nicht nur ihren Einfluss auf die Freifrau genutzt, um Jaro seine Recherchen im Schloss zu ermöglichen. Sie hatte auch dafür gesorgt, dass Jaro und Jenny gemeinsam an einem Buch über die Geschichte des Schlosses arbeiteten, und finanzierte das Vorhaben. Jaro und Jenny – verrückt, wie einige Dinge dann doch so schnell klangen, als würden sie schon immer zusammengehören. Aber nicht jetzt, nicht so. Die Arbeit ging vor. Jenny freute sich einfach zu sehr, wieder ihrem Beruf und damit auch ihrer Berufung als Journalistin nachgehen zu können. Nach einem Skandal um gefälschte Interviews und Fakten, in den ihr Ex-Partner sie hineingezogen hatte, war sie eigentlich davon ausgegangen, nie wieder schreiben zu können. Aber vielleicht hatte sie ihre Wunden lange genug geleckt, vielleicht war es Jaros unerschütterliches Vertrauen oder Lottes Pragmatismus, die sie ermutigten, sich zurückzukämpfen.

Heute waren sie gemeinsam in aller Frühe aufgebrochen, um zuerst am Strand von Graal-Müritz die Füße in die Ostsee zu halten. Bevor die ganzen »Sommerfrischler«, wie Lotte sie nannte, den weißen Sand mit ihren Handtüchern und Zeltmuscheln, Volleybällen und Radios erobern würden. Morgens war es am Strand einfach am schönsten, und je nach Wetter fanden sie auch regelmäßig kleine, leuchtende Bernsteine, die die Wellen an der Uferlinie zurückgelassen hatten.

Doch jetzt mussten sie zu ihrem eigentlichen Ziel. Jenny hatte zwei Stunden, bevor ihre Schicht im Liebstöckel anfing. Und Lotte hatte wohl auch noch Pläne. Wahrscheinlich die Welt retten. Oder erobern. Oder herausfinden, was wirklich mit dem Kunstprofessor und der Freifrau passiert war.

»Woran denkst du?«

Jenny sah kurz von der Straße zu Lotte, die, einen Schal in allerbester Grace-Kelly-Tradition um den Kopf gewickelt, den Fahrtwind, der sehr wohl auch bei einer angemessenen Geschwindigkeit völlig ausreichend war, in vollen Zügen genoss.

»An Jaro.«

»Soso.«

Jenny lachte.

»Und daran, dass ich nicht noch mal den Fehler machen werde, meine Arbeit durch einen Mann beeinflussen zu lassen.«

Jetzt war es an Lotte zu lachen.

»Liebes, es gibt Fehler, die sind es einfach wert, gemacht zu werden.«

»Das sagst du so einfach – soweit ich weiß, hast du dir Hannes geangelt, als du gerade mal achtzehn warst. So viele Fehler kannst du also gar nicht gemacht haben.«

Lotte schien sie nicht gehört zu haben oder sie nicht gehört haben zu wollen.

»Aber ihr habt Zeit. Jaro ist ein geduldiger Mann.«

Dann lachte Lotte das für sie so typische tiefe und volle Lachen.

»Mit schönen Händen.«

Jenny versuchte, nicht rot zu werden.

»Die sind mir noch gar nicht aufgefallen …«

Die nächsten Kilometer fuhren sie schweigend, aber Lotte hatte ihre ganz eigene Art, das Thema wiederaufzunehmen.

»Wie kommen du und Jaro, dessen Hände du auf jeden Fall auch schon bewundert hast, denn mit dem Projekt voran?«

»Gut. Es ist wie bei einem Puzzle. Mit jedem Teil, das Jaro findet oder in einem der Archive ausgräbt, wird das Bild klarer. Und ich denke, ich habe einen sehr guten Weg gefunden, wie ich dann die Geschichte des Schlosses erzählen kann.«

Jenny überholte vorsichtig eine Gruppe bunt gekleideter Radfahrer, die in den Sommermonaten wie Käferscharen aus allen Ecken und Enden des Landes angereist kamen und mit ihren meist elektrisch verstärkten Fahrrädern die Waldwege und Alleen unsicher machten. Jenny mochte die Radfahrer, die oft im Biergarten des Hotels Rast machten, verstand aber nicht ganz genau, warum man sich, wenn man auf einem E-Bike gemütliche dreißig Kilometer unterwegs war, in die gleiche Kleidung wie ein Teilnehmer der Tour de France werfen musste. Auf jeden Fall hatte sie in den letzten Jahren mehr eng verpackte Körper in allen Variationen gesehen, als sie je für möglich gehalten hätte. Dank der Radfahrer und ihrem unbekümmerten Selbstbewusstsein hatten irgendwelche realitätsfernen Körperbilder aus Hollywood keine Chance mehr bei ihr.

»Wir werden eine Art Tagebuch des Schlosses schreiben. Jaro wird die historischen Fakten erzählen, die Quellen benennen, das Material einfügen. Und ich werde dann in einzelnen kurzen Geschichten aufzeigen, wie ein Tag zu einer bestimmten Zeit im Schloss gewesen ist. Wie der erste Besitzer hier mit seiner Frau aus Berlin angekommen ist, was sie gemacht und gelesen haben, was sie für Kleidung trugen, worum sie sich Sorgen gemacht haben. Wer alles mit ihnen auf dem Schloss lebte und arbeitete. Oder wie eine Krankenschwester einen Tag hier arbeitete, als das Schloss nach dem Ersten Weltkrieg Sanatorium war. Natürlich die Jahre zwischen den Weltkriegen, wie der Faschismus schleichend alles durchdrungen hat. Der Krieg, die Zeit, als Soldaten zuerst von West nach Ost und später von Ost nach

West hier entlanggezogen sind. Einen Tag im Lazarett. Die Nachkriegszeit. Das leer stehende Gebäude. Der Kindergarten, der zu DDR-Zeiten hier war. Lauter Tage, aneinandergereiht.«

Jenny merkte, dass Lotte neben ihr lächelte.

»Das wäre ein schöner Titel, oder? Lauter Tage – die Geschichte Schloss Buchenecks.«

»Ich werde ihn mir merken, Lotte.«

»Und ich freue mich schon jetzt darauf, es zu lesen.«

Sie fuhren durch ein kleines Dorf, und das alte Kopfsteinpflaster, das nur an den Seiten einen geteerten Streifen für die Radfahrer hatte, machte für einen Moment jede Unterhaltung unmöglich. Als sie die Ortsausfahrt hinter sich gelassen hatten, sah Jenny, wie Lotte sich vorbeugte und einen der Wegweiser am Straßenrand musterte. Dann drehte sie sich zu ihr um.

»Hier geht es ab.«

# 27

Lotte war sich nicht sicher, ob sie mit ihren Vermutungen richtiglag – und wie immer, wenn sie nicht weiterwusste, suchte sie sich jemanden, der ihr half. Einen Experten oder, besser und deutlich häufiger, eine Expertin.

Das war vielleicht den männlichen Vertretern gegenüber diskriminierend, aber ihre Erfahrung hatte sie gelehrt, dass eine Frau selten dazu neigte, nur um des Besserwissens wegen Behauptungen aufzustellen. Expertinnen – nun ja – plusterten sich nicht so auf, wie Männer es nun einmal oft taten. Die Trefferquote der Informationen und Tipps, die sie in ihrem Leben von Frauen bekommen hatte, war signifikant höher. Was sicherlich nicht an deren Geschlecht an sich lag, so viel hatte sie in den letzten Jahren verstanden, sondern daran, wie Männer von Kindesbeinen an ständig dazu erzogen wurden, den Ton anzugeben. Nicht zuzugeben, wenn sie sich irrten. Anderen, insbesondere Frauen, die Welt zu erklären. Und das eigene Wissen und Expertentum nicht infrage zu stellen.

Vielleicht änderte sich das gerade, aber sie war ihr Leben lang als Geschäftsfrau von ebensolchen Männern umgeben gewesen. Lange genug, um gestern, nachdem sie einen Blick in das Büro der Freifrau und auf den roten Fleck und die Unordnung hatte werfen können, ihr Netzwerk aktivierte, um eine Expertin zu finden.

Und was für ein Glück, dass mittlerweile so viele Berliner den Weg Richtung Norden gefunden hatten und ihren Traum vom Landleben wahr machten.

Auf ihrem Handy waren die Fotos, die sie aufgenommen hatte, nachdem die Polizei wieder verschwunden war. Ihre Schlüsselkarte öffnete ihr die Türen im Gang – und den Code zum Büro der Freifrau hatte sie sich beim letzten Mal gemerkt, als diese ihn in ihrem Beisein eingegeben hatte. Manchmal war es von Vorteil, nur etwas über einen Meter fünfzig groß zu sein, denn es erlaubte Lotte, unter den Armen der meisten großen Menschen hindurchschauen zu können.

Als Jenny an dem Gartentor anhielt, an dem ein

schlichter Briefkasten mit dem Namen »R. Laangé« befestigt war, drehte sich Lotte zu ihr um.

»Es wird nicht lange dauern.«

Sie hatte Jenny vorher schon erklärt, dass sie ihren Besuch alleine machen würde. Manche Dinge blieben besser unter vier Augen, und außerdem hoffte Lotte, dass sie so mehr erfahren würde, als wenn weitere Zeugen im Raum wären.

Der Weg aus Waschbetonplatten war rechts und links von schmalen Blumenbeeten gesäumt, in denen eine beeindruckende Menge an Staudenpflanzen blühte und Bienen und Hummeln anlockte. Das Haus selbst, ein flacher Bungalow, der seltsam zeitlos aussah, lag etwas zurückgesetzt. Zur Straßenseite waren neben der Haustür keine Fenster zu erkennen.

Als Lotte kurz vor der Tür angekommen war, öffnete sich diese und gab den Blick frei auf eine vielleicht fünfzigjährige Frau mit kurzen blonden Haaren und sehr wachen blauen Augen.

»Frau Hansen, Sie sind erfreulich pünktlich.«

Die Stimme der Frau war klar, und Lotte konnte nur noch den leisen Rest eines französischen Akzents hören.

»Frau Laangé – danke, dass Sie so kurzfristig Zeit für mich haben.«

»Sie haben meine Neugier geweckt. Kommen Sie doch herein, ich habe gerade einen Tee gemacht, und wir können uns auf die Terrasse setzen.«

Lotte folgte der Frau durch einen schmalen Flur, an dessen Wänden zahlreiche kleine und größere Zeichnungen in schlichten schwarzen Rahmen hingen.

Dann öffnete sich der Flur, und sie standen in einem großen Raum, dessen Stirnseite von einer lang gestreckten Schiebetür eingenommen wurde. Der Blick auf den dahinterliegenden Garten war wunderschön. Aber auch im Raum selbst, der an der linken Seite eine offene Küche und einen großen Esstisch, auf der rechten Seite eine Sitzecke mit einer bequem aussehenden Sofaecke hatte, gab es einiges zu sehen. Die Wände waren mit mehreren großen Ölgemälden bedeckt. Es gab einen Chagall, einen Picasso und mehrere Bilder, die Lotte nicht zuordnen konnte.

»Keine Sorge, das sind alles nur Kopien. Erinnerungen an einige meiner Aufträge.«

Frau Laangé führte Lotte durch die geöffnete Schiebetür auf die Terrasse, auf der ein Tisch mit Teetassen und einer Schale Erdbeeren stand.

»Die Erdbeeren sind aus meinem Garten. Dieses Jahr habe ich Glück gehabt.«

Sie setzten sich an den Tisch.

»Womit genau kann ich Ihnen denn nun helfen, Frau Hansen?«

Lotte erzählte in wenigen Worten vom Einbruch im Büro der Freifrau. Dann holte sie ihr Handy aus der Tasche und zeigte ihrer Gastgeberin die Fotos.

»Haben Sie auch Fotos von den Vorderseiten?«

»Sogar mehr als das.«

Lotte zog einen Ordner aus ihrer Tasche. Sie hatte am Morgen etwas länger telefonieren müssen, um die Aufzeichnungen von der Versicherung zu bekommen. Neben Abbildungen der Gemälde waren auch Kaufverträge und Herkunftsnachweise angehängt. Zum Glück hatte das Gutshaus einen guten Farbdrucker, und Jenny hatte alles vor ihrer Abfahrt ausgedruckt.

Nachdenklich blätterte Frau Laangé durch den Papierstapel, dann hielt sie inne und legte eines der Blätter bedächtig neben sich auf den Tisch.

»Kann ich noch mal das Foto von den Rückseiten sehen? Speziell die des Bildes, das direkt unter dem Safe stand?«

Lotte zeigte es ihr.

»Ah, ja. So haben sie es gemacht. Wie sind Sie draufgekommen, Frau Hansen?«

»Worauf?«

»Kommen Sie schon, allein, dass Sie hier bei mir sind, bedeutet doch, dass Sie es wissen.«

»Ich weiß nichts – aber ich habe eine Ahnung. Der Einbrecher hätte, wenn er den Safe gesucht hätte, keines der Bilder an den nach innen liegenden Wänden des Büros abnehmen müssen. Die sind nicht tief genug, um einen Safe zu verbergen. Aber auch da wurden einige Bilder abgenommen. Und warum hat er sie alle umgedreht und erst dann an die Wand gelehnt? Das erschien mir merkwürdig.«

»Und?«

»Und ich habe mich an diese Sendung im Fernsehen erinnert, wo Leute ihre Bilder hinbringen und Experten sie schätzen. Die drehen auch immer das Bild um und sehen nach, ob es auf der Rückseite noch irgendwelche Hinweise gibt.«

»Ja. Auf der Rückseite eines Bildes findet man so einiges. Signaturen, manchmal. Daten. Stempel oder Aufkleber von Museen oder Galerien. Nummern. Viele Nummern. Es macht Sinn, sich eine Leinwand auch immer von hinten anzusehen.«

So viel hatte Lotte sich auch selbst nach einer kurzen Suche im Internet zusammenreimen können. Aber es gab da ein Problem:

»Die Bilder auf Bucheneck sind ja alle, wie Sie in den Unterlagen gesehen haben, zwar Originale, die der Familie der von Sonneborns gehören und die die Freifrau ins Schloss mitgebracht hat. Aber die Bilder sind einfach nicht sonderlich wertvoll. Einige tausend Euro vielleicht, die gesamte Versicherungssumme beläuft sich auf etwas über zwanzigtausend Euro. Für alle Bilder zusammen wohlgemerkt. Die Sonneborns haben schon früher alles, was wirklich wertvoll war, verkauft.«

»Ja, das mussten einige Familien nach und nach tun.«

»Was suchte der Einbrecher dann?«

Frau Laangé lehnte sich in ihrem Stuhl zurück und machte eine Pause, bevor sie bedächtig antwortete.

»Etwas, das grob geschätzt das Hundertfache davon wert sein muss. Mindestens zwei Millionen Euro.«

Wenn sie gedacht hätte, dass die Zahl Lotte beeindrucken würde, hatte sie sich getäuscht.

»Und was ist so viel wert?«

»Das hier.«

Frau Laangé drehte das Blatt Papier um, das sie neben ihren Teller gelegt hatte. Es war die englische Landschaft mit der Reiterin, die über dem Schreibtisch der Freifrau gehangen und auch den Safe verdeckt hatte.

Lotte sah es neugierig an.

»Die Freifrau hat mir erzählt, sie hat es im letzten Jahr von ihrem Vater bekommen. Vielleicht kennen Sie ihn ja? Jonny Heuer – der Trödelkönig.«

Das brachte ihr ein lautes Lachen ein.

»Oh, *das* macht Sinn. Ich wusste nicht, dass Freifrau von Sonneborn ausgerechnet Heuers Tochter ist.«

»Was ist jetzt mit dem Bild?«

»Die Signatur auf der Vorderseite ist gefälscht. Und alle Angaben an die Versicherung auch.«

»Das Bild ist eine Fälschung?«

»Nein, nein. Das Bild ist echt. Nur ist es nicht von einem relativ unbekannten Landschaftsmaler namens Stevens, und schon gar nicht ist es im 19. Jahrhundert gemalt worden. Es ist, wenn mich nicht alles täuscht, ein echter Turner. Eine kleinere Landschaft, die er in jungen Jahren gemalt hat. Alles noch sehr klassisch, sie lässt kaum erahnen, was er später bewegt hat. Aber ein Turner. Und das bedeutet Geld. Das Bild ist vor über siebzig Jahren aus einem Museum in Brügge gestohlen worden und nach und nach in Vergessenheit geraten. Das Ganze war natürlich vor meiner Zeit, aber ich habe davon gehört.«

Renate Laangé, freie Beraterin vieler Museen und Auktionshäuser, betrachtete versonnen den Ausdruck in ihrer Hand.

»O ja, ich habe davon gehört. Es ist eine Art Legende in meinen Kreisen. Und hier taucht es plötzlich auf. Nur wenige Kilometer von meinem Ferienhäuschen entfernt. Die Welt ist klein, oder?«

Lotte nickte nur. Sie versuchte zu begreifen, was Frau Laangé gerade gesagt hatte. Kunst war nicht wirklich ein Gebiet, auf dem sie sich auskannte. Den Namen Turner hatte sie allerdings schon gehört – und bei einem Besuch in London auch Bilder von ihm gesehen. Ein Sturm auf dem Meer war ihr in Erinnerung geblieben. Und die fast andächtige Begeisterung des Reiseführers.

»Aber es hing doch ganz offen im Büro der Freifrau. Einer ihrer Besucher hätte es doch jederzeit erkennen können.«

»Na ja, es ist nicht so bekannt wie andere Bilder von Turner. Zudem ist der Diebstahl siebzig Jahre her und hat keinen großen Medienrummel ausgelöst. Aber vor allem …«

Sie gluckste nun vor Vergnügen, und Lotte wartete gespannt, was kommen mochte.

»Vor allem hat jemand in die schöne Landschaft einfach ein Pferd samt Reiterin gemalt. Beide klar im Stil des frühen 19. Jahrhunderts. Und das Bild dann in einen ziemlich hässlichen Rahmen gesetzt.«

»Die Reiterin ist auf das Bild gemalt worden? Jemand hat es damit kaputt gemacht?«

Lotte konnte es nicht fassen. Warum stahl man etwas, um es dann zu zerstören? Aber Frau Laangé schüttelte den Kopf.

»Nein. Die Farbe, mit der die Reiterin gemalt wurde, wird sich einfach ablösen lassen. Da bin ich mir sicher. Wer auch immer das getan hat, muss seine, nun ja, seine diebische Freude daran gehabt haben.«

Lotte lehnte sich zurück.

»So ist das also.«

»Ja. Ihr Einbrecher muss irgendwie gewusst haben, dass etwas im Büro sein muss. Er hat die Bilder umgedreht, um nach der echten Signatur auf der Rückseite zu suchen. Sehen Sie? Hier kann man sie erkennen.«

Auf dem vergrößerten Handybild erkannte Lotte nur einige schwarze verblasste Striche, aber Frau Laangé schien sich absolut sicher zu sein.

»Zwei Millionen – das ist dann schon einen Einbruch wert, oder?«

Auf der Rückfahrt sah Lotte nachdenklich aus dem Fenster. Die Zahl, die Frau Laangé so locker aus dem Ärmel geschüttelt hatte, änderte einiges. War das etwa auch das Motiv hinter beiden Verbrechen? Aber was war dann mit … Sie wurde in ihren Gedanken unterbrochen, als Jenny das Schweigen störte.

»Warst du erfolgreich?«

»Jaja, ich denke schon. Ich weiß jetzt, was der Einbrecher im Büro der Freifrau gesucht hat.«

»Was denn?

»Zwei Millionen Euro.«

»Was? Du machst Witze, oder?«

»Nein, leider nicht.«

»Erzählst du mir mehr?«

»Noch nicht, aber bald.«

Jenny nahm das schweigend hin, und Lotte war ihr dankbar dafür. Sie musste erst einmal dringend ihre Gedanken sortieren. Und dann mit Selin sprechen.

Zehn Minuten später brach Jenny das Schweigen dann doch noch mal.

»Wenn wir schon über Geld reden, Lotte: Du hast mir ein Honorar für die Recherchen überwiesen, aber das ist einfach zu viel. Du musst mich nicht … aushalten.«

Lotte schüttelte den Kopf. Warum Geld immer alles so kompliziert machte, wobei es doch eigentlich dazu diente, Dinge zu vereinfachen. Jenny brauchte Zeit, um das Buch mit Jaro zu schreiben. Zeit, die sie nicht hatte, wenn sie lauter Schichten im Liebstöckel übernahm.

»Das ist kein Aushalten, das ist eine Investition. Ein Vorschuss auf das Buch. Solltest du also erfolgreich sein, solltet ihr erfolgreich sein, dann musst du es mir zurückzahlen. Oder mir das Buch einfach widmen, dann vergessen wir das mit der Rückzahlung. Und ansonsten lass mir doch die Freude, mit meinem Geld Sinnvolleres zu tun, als es immer nur zu vermehren. Das vermehrt sich eh von alleine, genauso wie die Tribble. Egal, was ich mache.«

»Wie die was?«

Lotte verdrehte die Augen. Wie konnte sie das nicht wissen?

»Die Tribble, Jenny! *Star Trek?* Die Folge, in der die Enterprise von lauter kleinen pelzigen Wesen regelrecht überschwemmt wird?«

»Ich wusste gar nicht, dass du ein Trekkie bist, Lotte.«

»Joost hat *Star Trek* geliebt.«

Joost, Lottes Sohn, der vor vielen Jahren bei einem Autounfall ums Leben gekommen war.

»Ich hätte ihn gerne kennengelernt.«

Lotte merkte, wie ihr bei Jennys Worten die Tränen in die Augen stiegen. Wie sehr sie ihn vermisste. Dann räusperte sie sich kurz und sah Jenny mit einem Zwinkern an.

»Er wäre jetzt ein Mann in den sogenannten besten Jahren, wahrscheinlich etwas dick um die Mitte, sehr wahrscheinlich reich, er mochte Geld und war immer schon plietsch. Und er wäre mit Pech, wenn ihm niemand den Kopf rechtzeitig zurechtgerückt hätte, ein ziemlich von sich selbst überzeugter Schnösel.«

Dann wurde ihre Stimme wieder weicher.

»Und er würde dich zum Lachen bringen, Jenny! Das konnte er bei jedem Menschen. Und dich mit Fragen löchern, denn er war neugierig und liebte es, neue Menschen kennenzulernen. Er würde das Schloss hier lieben, einfach, weil es so viele Geschichten erzählen kann, und er würde begeistert durch den Wald streifen und alle möglichen Dinge sammeln und aufheben. Das hat er auch noch gemacht, als er erwachsen war.«

Lotte hatte aus Joosts Hosen und Jackentaschen immer die merkwürdigsten Dinge gezogen. Und wenn sie spazieren gingen, entdeckten seine blauen Augen ständig kleine Schätze am Wegesrand. Und auch als Erwachsener hatten seine Augen oft nach unten geblickt. So viele Glückspfennige, wie Joost in seinem Leben gefunden hatte, hätten ihm Regenbögen aus den Ohren strahlen müssen. Stattdessen hatte er bei zu hohem Tempo auf der Landstraße die Kontrolle über seinen Wagen verloren. Die Retter kamen zu spät.

Schweigend saß Lotte neben Jenny, die den Wagen bis zu einem der alten Ställe, die einige Meter vom Schloss entfernt standen und als Garagen dienten, lenkte. Im Halbschatten angekommen stellte Jenny den Motor ab und griff nach Lottes Hand.

»Was hast du heute noch vor? Brauchst du Gesellschaft?«

Lotte war gerührt von der Sorge der jungen Frau, schüttelte aber den Kopf.

»Nein, ich werde beschäftigt sein. Immerhin habe ich ja mindestens ein, wenn nicht sogar zwei Verbrechen aufzuklären, bevor ich morgen in den Urlaub fahre.«

Und mit diesen Worten stieg sie aus und ließ Jenny verdattert im Auto zurück.

# 28

»Was machen Sie hier?!«

Lotte sah die auf der schmalen gekiesten Fläche versammelten Menschen erstaunt an. Hier wurde im Sommer das ein oder andere Mal gemeinsam Boule gespielt. Neben Selin und ihrer Kollegin standen auf der einen Seite der Professor und Chris. Und auf der anderen Seite die verbleibenden Künstler: Merle Hermann, Isabella de Santis, Han Liu und Arne Kaiser.

Eine weitere Frau, in der Lotte die Försterin erkannte, die die Wälder rings um Bucheneck verwaltete, stand einige Meter abseits und hielt in ihrer Hand einen merkwürdig geformten Gegenstand aus Metall. Erst als Lotte am Ende der Fläche, vielleicht gut zwanzig Meter entfernt, einen Tisch sah, auf dem alte Konservendosen standen, erkannte sie, was die Försterin da mitgebracht hatte.

»Was soll das?«

»Kennen Sie Frau Thomas? Sie ist die zuständige Revierförsterin für die umliegenden Wälder. Frau Thomas war so nett, uns bei einem kleinen Experiment zu helfen.«

Lotte begrüßte die Försterin mit einem Nicken. Sie hatte sie schon öfters getroffen, vor allem Hannes hatte die junge Frau nach ihrem Umzug nach Bucheneck mit Fragen zu dem Vogelbestand des Waldes gelöchert.

»Und warum ist Frau Thomas genau hier?«

Lotte sah neugierig von Selin zu dem Tisch mit den Dosen am Ende des Platzes.

»Wir probieren etwas aus.«

Auf ihren fragenden Blick hin zwinkerte Selin Lotte zu und wandte sich an die versammelte Gruppe.

»Wir gehen im Moment davon aus, dass das Kunstwerk von Tim Räuber nicht durch einen Unfall, sondern durch äußere Einwirkungen zersprungen ist. Nun sagen einige von Ihnen unabhängig voneinander aus, dass das Opfer allein bei seinem Kunstwerk war und niemand in seiner Nähe gewesen ist, als es zerbrach. Sie, Frau Hermann, waren noch am dichtesten dran.«

»Ja, das stimmt. Aber ich hatte meine Kopfhörer auf und habe geschweißt. Ehrlich gesagt hätte ein Elefant an mir vorbeilaufen können, und ich hätte ihn nicht bemerkt.«

Selin räusperte sich und wartete kurz, bis sie die Aufmerksamkeit aller hatte.

»Die Spurensicherung hat unter den Scherben eine Kugel gefunden.«

Lotte hielt die Luft an und warf einen schnellen und, wie sie hoffte, unauffälligen Blick auf den Professor. Doch der stand völlig gelassen neben Chris und hörte der Polizistin zu. Aber wenn …

»Es ist eine runde Stahlkugel mit einem Durchmesser von zwanzig Millimetern. Es gibt daher die Vermutung, dass diese Kugel mit einem Hilfsmittel auf das Kunstwerk abgeschossen wurde, um es zu zerstören. Da die Kugel noch völlig glatt ist, ist sie laut Spurensicherung nicht durch den Lauf zum Beispiel einer Druckluftwaffe abgefeuert worden.«

Lotte atmete tief durch und merkte, wie ihr ein erster großer Stein von der Brust fiel. Keine Pistole. Und schon gar nicht Utes kleine Pistole, die ihre Freundin oben in ihrer Wohnung aufbewahrte. Sie erinnerte sich noch gut an letztes Jahr, an Ute in ihrem Morgenmantel, in der Hand die kleine Waffe. Aber es ging nicht um ein Projektil. Sondern um eine wortwörtliche Kugel. Aber dann …

»Es gibt eine sehr einfach zu besorgende Waffe, die in Deutschland leider nicht verboten ist und mit der jemand die Stahlkugel auf das Kunstwerk hätte feuern können.«

Selin wandte sich dann der Försterin zu, die zeigte, was sie in der Hand hielt.

»Das hier könnte jeder von uns problemlos in Geschäften kaufen oder im Internet bestellen. Die Polizei und meine Kollegen in den umliegenden Revieren stoßen ab und zu auf Leute, die das mit sich herumtragen. Offiziell natürlich nur als Hobby oder als Sport. Sie können sich vorstellen, dass wir das ganz und gar nicht mögen.«

Lotte hörte die Abneigung in der Stimme der Försterin und sah sich das Objekt in deren Hand genauer an. Dann erkannte sie es – auch wenn die, die sie als Kind selbst besessen hatte, für sie gebastelt von ihrem Vater, aus Holz mit einem schlichten Stück Fahrradschlauch gewesen waren.

»Wahrscheinlich kennen einige von Ihnen aus Kindertagen solche Geräte eher aus Holz. Eine solche Zwille ist einfach zu bauen, ein gegabelter stabiler Ast und ein Gummiband genügen. Das hier jedoch ist eine professionelle Waffe aus Metall. Die Stabilität und das Material des verwendeten Bandes erhöhen die Reichweite. Manche dieser Waffen bieten noch die Möglichkeit, eine Unterarmstütze an sie zu schrauben. Damit ist die Treffsicherheit dann auch deutlich höher. Auch für einen ungeübten Schützen.«

Anna Gruber übernahm jetzt das Wort.

»Eine Zwille mit einer Unterarmstütze verstößt hier bei uns gegen das Gesetz. Das Problem ist aber schnell zu sehen: Mit wenigen Handgriffen lässt sich so eine Zwille in ihre Bestandteile zerlegen. Wenn wir verdächtige Bauteile finden, müssen wir erst einmal nachweisen können, wofür sie gedacht sind. Sie sehen oft nicht zufällig aus wie Teile von normalen Werkzeugen. Es ist frustrierend.«

Selin nickte.

»Und eine Stahlkugel kann, wenn sie mit einer solchen Zwille richtig abgeschossen wird, eine Geschwindigkeit und eine Durchschlagskraft erreichen, die sie anderen Schusswaffen ebenbürtig macht. Sie kann tödlich sein.«

Isabella de Santis sah nachdenklich hinüber zur Wiese, wo immer noch die Metallstangen von Räubers Kunstwerk zu sehen waren.

»Wie bei David und Goliath.«

Doch der Professor schüttelte den Kopf.

»David hatte keine Zwille, sondern eine Schleuder dabei. Im ersten Buch Samuel steht, dass er Goliath an der Stirn getroffen hat, der zu Boden ging und David ihn dann mit seinem eigenen Schwert erschlagen hat. Und den Kopf abgetrennt. Was im Alten Testament aber nicht ganz unüblich war. Also das mit dem Kopfabtrennen.«

Lotte seufzte. Die junge Künstlerin hatte nicht

wissen können, dass eine solche Anspielung auf das Alte Testament bei dem Professor alle akademischen Dämme brechen lassen würde. Und so fuhr der auch fort, ohne einmal merklich Luft zu holen.

»Spannend ist, dass es einen ägyptischen Text gibt, die Geschichte des Siuhe, 12. Dynastie, also tausend Jahre vor der wahrscheinlichen Entstehung des Bibeltextes, der die Geschichte eines Mannes namens Siuhe erzählt. Auch der musste, fern von der Heimat, gegen einen Riesen kämpfen und tötet ihn. Allerdings durch einen wohl gezielten Pfeil. Und dann kommt die Sache mit dem Kopf. Es gibt Theorien, wonach beide Geschichten …«

»Harald. Das ist gerade nicht relevant.«

Lotte legte ihm ihre Hand auf die Schulter, und der Professor verstummte und wurde rot. Selin hatte ihm sehr genau zugehört und einen schnellen Blick mit ihrer Kollegin ausgetauscht. Die beiden planten etwas. Keine Frage. Lotte fragte sich nur, was?

»Wir möchten hier heute einfach testen, ob an unserer Vermutung etwas dran ist. Daher möchten wir Sie einmal bitten, auf die Dosen dort hinten zu schießen. Frau Thomas wird es Ihnen einmal vormachen, und es wäre wirklich hilfreich, wenn Sie es alle einmal ausprobieren würden. Dann haben wir unterschiedliche Ergebnisse, die wir miteinander vergleichen können. Wir selbst haben alle das ein oder andere Schießtraining hinter uns, aber wir brauchen eben auch Probeschüsse von Laien. Sie würden uns damit sehr helfen.«

Arne Kaiser, der unangenehm dicht hinter Lotte stand, lachte laut auf.

»Sie wollen doch nur wissen, ob jemand von uns mit dem Ding umgehen kann. Aber sogar wenn, derjenige wäre ja schön dumm, wenn er sich nicht mit Absicht ungeschickt anstellen würde.«

Er grinste Selin an, und Lotte hätte ihm am liebsten eine Kopfnuss verpasst. Der Junge hielt sich für besonders schlau. Oder vielleicht war er ja sogar besonders schlau? Nachdenklich musterte sie ihn. Die anderen waren nach seinen Worten sehr still geworden, bis Han Liu sich räusperte.

»Verdächtigen Sie uns, das Kunstwerk zerstört zu haben? Ist das der Grund für diese Übung hier?«

Selins Stimme blieb ruhig.

»Wir brauchen einfach einmal Ihre Hilfe. Nicht mehr und nicht weniger. Aber natürlich ist Ihnen freigestellt mitzumachen.«

Arne Kaiser wollte erneut etwas sagen, aber diesmal brachte ihn ein Blick von Chris zum Schweigen. Lotte, der das nicht entgangen war, wunderte sich. Aber wer …

»Ich mache es Ihnen einmal vor.«

Die Försterin trat vor und spannte das Gummi, dann ließ sie die Stahlkugel los. Eine der Dosen wurde getroffen und fiel mit einem lauten Scheppern zu Boden. Lotte sah, wie Isabella de Santis blass wurde und Chris zusammenzuckte.

»Gehen Sie nicht davon aus, dass Sie ebenfalls treffen werden. Meine Geschwister und ich hatten früher selbst gebaute Zwillen. Und einer unserer Ausbilder hat uns erzählt, dass er in seinem Revier großen Ärger mit zwei Jugendlichen gehabt hat, die aus Spaß, wie sie es nannten, mit der Zwille auf Tiere gegangen sind. Er hat uns damals einiges erzählt und uns auch selbst mit professionellen Zwillen schießen lassen. Eine gefährliche Waffe. Auch wenn sie auf den ersten Blick nicht danach aussieht.«

Selin nickte und sah in die Runde.

»Wer möchte?«

Da sich keiner freiwillig meldete, seufzte Lotte leise auf und trat vor.

»Lotte, du …«

»Ihr wollt unterschiedliche Menschen sehen. Nun gut, dann fange ich an.«

Selin reichte ihr die Zwille, die erstaunlich leicht in ihrer Hand lag. Das Metall musste irgendein spezielles sein, um so leicht und gleichzeitig stabil zu sein. Der Griff war mit einem rauen Gummi überzogen, das sich so anfühlte wie die Außenseite ihrer Gartenhandschuhe. Und am Ende des Bandes war eine Ausbuchtung zu sehen, die wohl dafür gedacht war, die Munition aufzunehmen. Selin zog eine Kugel aus der Hosentasche und reichte sie Lotte.

Sie merkte, wie ihre Finger unmöglich noch mehr Zug auf das Gummi bringen konnten, und ließ los. Die Kugel zischte los, traf aber weder die Dosen noch das dahinter aufgespannte Tuch. Statt geradeaus zu fliegen, machte sie einen Bogen und landete zwei Meter vor dem Ziel im Gras.

Arne Kaiser lachte. Alle anderen nicht.

»Verdammt. Mir fehlt die Kraft in den Händen.«

Als Nächster griff der Professor nach der Zwille und betrachtete sie neugierig.

»Einige Stämme im Amazonasbecken jagen mit ähnlichen Vorrichtungen, nur dass die Schlinge aus festem Material ist und das Holz dafür biegsam. Ich habe einmal gesehen, wie einer der Männer einen Vogel auf dreißig Meter Entfernung aus einem Baum geschossen hat.«

Er legte die Kugel ein und spannte den Gurt. Dabei schaffte er es allerdings irgendwie, dass dieser sich verdrehte. Doch vor lauter Begeisterung merkte er es nicht, und bevor jemand eingreifen konnte, ließ der Professor los. Die Kugel flog, statt geradeaus, mit einem leisen Zischen nach links und sauste knapp an Chris Christiansens rechtem Ohr vorbei.

»Ups.«

Lotte atmete erneut auf. Du also auch nicht, alter Freund. Sie traute dem Professor zwar zu, mit Absicht danebenzuschießen, aber nicht, das Ganze ohne die üblichen Anzeichen, dass er schwindelte, über die Bühne zu bringen. Er war und blieb nun mal der schlechteste Pokerspieler der Welt.

Selin nahm dem erstaunt der Kugel hinterherblickenden Professor die Schleuder aus der Hand und spannte sie nun selbst. Lotte sah den konzentrierten Gesichtsausdruck und musste lächeln. Ehrgeiz war etwas, was sich nur schwer abschütteln ließ. Und als Selin losließ, fiel eine Millisekunde später eine der Dosen scheppernd zu Boden.

»Waffentraining.«

Das war der einzige Kommentar der Kommissarin, aber Lotte konnte den leisen Stolz in ihrer Stimme hören.

»Wir brauchen mehr ungeübte Schützen. Würden Sie einmal, Isabella?«

Isabella nickte Selin zu und griff nach der Waffe. Lotte sah, dass die junge Künstlerin das Gummi ohne Probleme spannen konnte. Die Kugel flog wie die von Selin in Richtung des Tisches und verfehlte eine der Dosen nur knapp.

»Sie sind kräftig.«

Selin nahm ihr die Waffe wieder aus der Hand. Isabella winkelte ihren Arm an und spannte wie ein Bodybuilder die Muskeln an.

»Wer mit Glas arbeitet, braucht Kraft in den Armen. Die Rohre und Stangen, mit denen ich arbeite, wiegen schon so einige Kilo. Aber ich bin eine schlechte Schützin.«

Isabella sah die Kommissarin ruhig an und wollte noch etwas sagen, wurde aber von Arne Kaiser unterbrochen, der immer noch vor sich hin feixte.

»Und wer mit Glas arbeitet, riskiert sein Augenlicht, oder? Ich wette, du brauchst eigentlich eine Brille, Isabella. Eine dicke Hornbrille, die würde perfekt zu dir passen.«

Isabella trat zurück und ignorierte Kaiser, wie man eine nervige Fliege ignorieren würde. Lotte wunderte sich erneut, worauf der junge Künstler es abgesehen hatte. Oder vielleicht, wovon er ablenken wollte?

Selin wandte sich an die Nächste in der Reihe.

»Und Sie, Frau Hermann?«

Lotte beobachtete, wie die kräftige Frau die Zwille ebenso mühelos spannte wie zuvor Isabella und schoss. Ihre Kugel jedoch flog einige Meter über den Tischen vorbei. Sie hatte zu hoch gezielt.

»Ich sollte wohl lieber bei meinem Hammer bleiben.«

Nacheinander schossen noch Jenny und Arne Kaiser selbst eine Kugel ab – mit ähnlichen Ergebnissen. Sie alle konnten das Gummiband mehr oder weniger ausreichend spannen und die Richtung halten. Doch keine der Kugeln traf ein Ziel.

Dann kam Chris an die Reihe. Er schien Probleme damit zu haben, die Zwille zu spannen, und ähnlich wie bei Lotte flog die Kugel nicht weit genug. Er schüttelte den Kopf.

»Ich müsste wahrscheinlich einige Zeit üben, aber dann denke ich, ich könnte treffen.«

Wieder lachte Arne Kaiser.

»Und das Kunstwerk vom Räuberhauptmann ist ja auch viel größer gewesen als so eine Metalldose.«

Alle schwiegen und sahen betroffen zur Wiese hinüber.

Dann wandte sich Selin an Isabella de Santis.

»Könnte eine abgefeuerte Kugel das Glas zum Bersten gebracht haben?«

»Ja. Ja, ich denke, das würde sie. In der Werkstatt in Berlin könnte ich einen von Räubers Würfeln nachbauen – und dann könnten wir es ausprobieren. Aber hier vor Ort fehlen mir dafür der Ofen, das Material und das Werkzeug.«

Lotte war einen Schritt zurückgetreten und

musterte die Anwesenden nachdenklich. Gerade als Selin die Zwille einpacken wollte, meldete sich Arne Kaiser wieder zu Wort.

»Han hat noch gar nicht geschossen, Frau Kommissarin.«

Er klang dabei wie ein Zehnjähriger, der diebische Freude daran hatte, jemanden zu verpetzen.

Han Liu schüttelte den Kopf, und als er antwortete, war seine Stimme seltsam ruhig.

»Ich glaube, ich möchte das lieber nicht tun. Waffen machen mir – Angst.«

Lotte sah den Künstler genauer an. Er war blass, seine Miene war verschlossen, aber seine zusammengeballten Fäuste zeigten deutlich, wie angespannt er war.

»Aber …«

Anna Gruber wollte gerade etwas sagen, als Selin ihr die Hand auf die Schulter legte und kurz den Kopf schüttelte.

»Wie gesagt, niemand muss hier mitmachen.«

Sie nickte Han Liu zu.

»Wir haben genug gesehen, denke ich. Vielen Dank.«

Die Gruppe zerstreute sich, und Han Liu ging mit langen Schritten in Richtung Wald. Lotte gab dem jungen Künstler einige Meter Vorsprung – dann ging sie ihm hinterher.

# 29

Ute hatte die Nase voll, gestrichen voll. Zuerst schwang Chris sich zum Helden auf und brachte mit Räuber eine falsche Schlange in ihr Atelier. Und ja, ihre Wut hatte sie dazu gebracht, in die Offensive zu gehen. Es tat gut, endlich allen zu zeigen, was sie in ihrem Atelier die letzten Jahre gemacht hatte. Aber weh hatten Räubers Worte doch getan, und zwar gehörig. Und dann machte Jonny seit dem Angriff auf seine Tochter plötzlich auf einsamer Wolf und grübelte stundenlang in seiner Wohnung finster vor sich hin. Sandra ging es zum Glück besser, und sie würde, so wie Ute den Dickkopf der Freifrau einschätzte, heute darauf bestehen, nach Hause zu kommen. Und doch war Jonny heute früh weggefahren und hatte sich seitdem nicht mehr gemeldet. Sie hatte sich zurückgehalten, wirklich zurückgehalten. Der Angriff auf Sandra hatte sie erschreckt, und es gab Zeiten, in denen sie sehr wohl einfach nur unterstützend lächeln konnte. Aber so langsam wurde es ihr zu bunt. Der Professor, der sonst immer eine sichere Bank, ihre sichere Bank gewesen war, hatte zwar ihre Figuren als das erkannt, was sie waren, und einige wirklich schöne Worte gesagt. Aber seitdem war er auch immer wieder wie vom Erdboden verschluckt. Und Lotte? Hatte nichts Besseres zu tun, als mit Jenny zum Strand zu fahren. Dabei hätte Ute sie auch fahren können. Sie liebte es, Auto zu fahren. Und die Sache mit dem fehlenden Führerschein würde hier in der Pampa doch eh niemandem auffallen. Sollte sie wirklich erwischt werden, würde sie eben den ein oder anderen Gefallen einfordern. Und warum war Lotte so still? Warum saßen sie eigentlich nicht schon alle zusammen in Lottes Wohnung und hielten Kriegsrat? Taten etwas – wurden aktiv? Wie im letzten Jahr, als sie doch schlussendlich dafür gesorgt hatten, dass der Mörder der Sängerin überführt wurde. Und auch bei der Sache mit den Erdbeerpflückern waren sie doch erfolgreich gewesen. Ein Team. Und jetzt? Genervt zog Ute sich den großen Seidenkaftan aus, den sie bei der Arbeit im Atelier immer über ihre Kleidung zog, und trat an ihren Kleiderschrank. Der nahm eine ganze Wand in ihrer Wohnung ein und war mit den vielen farbigen Stoffen und den fabelhaften Schuhen ihr Lieblingsspielplatz. Sie überlegte kurz, schob dann die letzte

Tür an der linken Seite auf. Dort hingen ihre wenigen schwarzen Kleidungsstücke. Sie griff nach einer schmalen schwarzen Caprihose und einem dünnen, ebenfalls schwarzen Rollkragenpullover aus kühler Seide. Die warmen Junitemperaturen hielten sie davon ab, auch noch zu einer schwarzen Lederjacke zu greifen. Flache schwarze Ballerinas, auch wenn sie wirklich nur ungern auf die zusätzlichen Zentimeter an Körpergröße verzichtete. Sie mochte es, größer als die meisten anderen Menschen um sie herum zu sein. Als Jonny einmal etwas zu dem Größenverhältnis zwischen ihnen angedeutet hatte, hatte sie ihm klipp und klar erklärt, dass kein Mann mit Schneid und Selbstbewusstsein über so etwas auch nur nachdenken würde.

Aus einer Schublade in der großen Kommode auf der anderen Seite des Raumes zog sie nach einigem Suchen eine dunkle Fliegersonnenbrille und aus einer zweiten Schublade eine silberne Rolex-Taucheruhr. So eine, oder zumindest fast so eine, denn Utes Modell war eine ziemlich gute Fälschung, hatte James Bond in *Dr. No* getragen.

Bei der passenden Handtasche zögerte sie kurz, griff dann aber mit einem leisen Lächeln nach einer schwarzen Traviata von Launer – London. Die Tasche, die die Queen zeit ihres Lebens in allen möglichen Farben getragen hatte. Perfekt.

Ein schwarzer Fächer, ein roter Lippenstift, ein kleiner silberner Taschenspiegel und eine Dose mit Pfefferminzbonbons wanderten hinein. Sie war bereit und griff nach ihrem Schlüsselbund. Als Erstes Lotte suchen, dann die anderen zusammentrommeln, und dann würden sie gemeinsam wie in alten Zeiten losziehen und das ganze Chaos im Schloss beseitigen.

Unten in der Halle angekommen sah Ute sich langsam um: Keiner ihrer Freunde war zu sehen oder zu hören. Das Schloss seltsam ausgestorben. Merkwürdiges Wort: ausgestorben. Ute schüttelte kurz den Kopf. Seltsam. Wo waren denn alle? Sie ging zu Lottes Wohnungstür und klopfte einmal, zweimal, keine Reaktion. Ohne zu zögern – wofür war man denn seit fünfzig Jahren befreundet – zog sie den Schlüsselbund aus ihrer Handtasche und schloss auf.

»Lotte! Lotte? Bist du da?«

Keine Antwort. Ute trat ein und sah sich um. Irgendwie hatten Lotte und Hannes es damals bei ihrem Einzug geschafft, die großzügige Dreizimmerwohnung mit ihren hohen Decken und dunklen Parkettböden so *normal* und bodenständig aussehen zu lassen wie vorher ihr Haus vor den Toren von Hamburg. Nicht, dass die beiden keinen Geschmack hatten, wobei Ute zu gerne mehr als nur eine Hand an Lottes Kleiderschrank gelegt hätte. Es war nur so, dass die meisten Möbelstücke aus der Zeit stammten, als die LoHa-Märkte noch jung gewesen und das erste Geld für ein neues Haus und Möbel in die Kassen der beiden geflossen war. Ute hatte damals noch in Hamburg bei ihrer Bank gearbeitet und war an den Wochenenden oft hinaus auf die Baustelle gefahren. Lotte und Hannes hatten ihr Haus genau an der Stelle gebaut, an der Hannes' Eltern nach dem Krieg in einer kleinen Hütte mit Wellblechdach untergekommen waren. Aus der Hütte war dann nach und nach ein Haus geworden, zusammengebaut Stück für Stück aus dem, was da war. Und dann hatten Hannes und Lotte den alten Bau abgerissen und durch etwas Neues ersetzt. Keine Villa, kein strahlend weißes Haus, sondern einen grundsoliden Backsteinbau mit Kellerbar und Fußbodenheizung. Hannes hatte es sich nicht nehmen lassen, selbst auf der Baustelle zu stehen und jeden Handgriff zu überwachen und oft auch auszuführen. Und die Möbel, die die beiden damals für ihr Haus ausgesucht hatten, waren natürlich bei dem Umzug nach Schloss Bucheneck mitgekommen. Lotte hatte behauptet, damit es für

Hannes möglichst vertraut wäre, aber Ute wusste, dass ihre Freundin vor allem den Gedanken nicht ertrug, überflüssigerweise Geld auszugeben. Dabei war Lotte nicht geizig, nein. Wenn es darum ging, essen zu gehen, zu feiern, in den Urlaub zu fahren oder anderen eine Freude zu machen, gab sie Geld aus. Dafür war es da. Nur Möbel und zu Utes Bedauern auch Kleidung sollten in Lottes Augen praktisch und langlebig sein.

Ute hingegen konnte bei zeitlos noch mitgehen, aber spätestens bei den bunten praktischen Turnschuhen, die Lotte seit einigen Jahren für sich entdeckt hatte, war sie raus.

Die Wohnung duftete nach Lottes Parfum und auch noch ein wenig nach Hannes' Aftershave. Oder war der Geruch nur eine Erinnerung? Ute wusste es nicht, atmete aber tief ein. Sie vermisste Hannes.

Aber hier und jetzt würde sie das nicht weiterbringen. Schnell ging sie durch die Wohnung und sah sich um. Sie waren anscheinend nun in einem Alter, wo man jemanden auch suchte, indem man auf dem Boden nachsah. Aber keine Lotte lag irgendwo auf den dicken Teppichen. Der Sessel vor dem Fenster, der Platz, an dem, wie alle wussten, Lotte viele ihrer Nächte verbrachte, war leer. Aber im Schlafzimmer standen zwei Koffer. Ute hob einen von ihnen an. Zwei gepackte Koffer. Wohin wollte Lotte nur, und warum hatte sie es ihr nicht erzählt?

Jetzt sah sich Ute genauer um. An Lottes Sekretär, dessen Abdeckung geschlossen war, zögerte sie, aber wie immer nur kurz. Sie würde das Schloss, wenn der Sekretär abgeschlossen wäre, nicht aufbrechen, das tat man nicht, aber ein schneller Blick …

Das Schloss war offen. Nachdem Ute die Abdeckung nach oben geschoben hatte, fiel ihr Blick auf ein Flugticket. Berlin – Frankfurt – Frankfurt – Florenz. Ute hob das Ticket an. One way. Kein Rückflugdatum.

Völlig in Gedanken versunken trat Ute aus Lottes Wohnung. Wollte ihre Freundin wirklich Buchenbeck verlassen? Nach Florenz, also ins Castello. Sie erinnerte sich an ihre Besuche in dem kleinen Haus in der Toskana, an Wein aus Plastikkanistern und Glühwürmchen, die über den Olivenhainen tanzten. Wann war das gewesen? Sie erinnerte sich, dass sie völlig blass in Italien angekommen war, nachdem sie die Monate davor fast rund um die Uhr am Rechner gesessen hatte, um auf die Spur der Gelder der …

Eine Bewegung am anderen Ende der Halle ließ sie aufsehen. Jemand war durch die Glastür, die zum Büro der Freifrau führte, gehuscht.

Froh darüber, die flachen Schuhe mit der Gummisohle angezogen zu haben, schlich sie durch die Halle und schlüpfte ebenfalls durch die nur angelehnte Tür. Endlich passierte etwas!

Der Mann, denn es war ein Mann, der nun in einem hellen Hemd und einer dazu passenden Leinenhose vor der geschlossenen Bürotür der Freifrau stand, ruckelte an dem elektronischen Zahlenschloss. Ute dachte fieberhaft nach und suchte gleichzeitig in ihrer Handtasche nach etwas, das ihr helfen könnte. Endlich hatte sie eine Idee. Der Mann murmelte leise vor sich hin und tippte Zahlen ein.

»Vielleicht ihren Geburtstag? Nein. Vielleicht meinen Geburtstag? Nein, natürlich nicht. Hochzeitstag? Der war im Mai, oder? Vielleicht einfach 1,2,3,4,5,6. Nein, dafür ist sie zu schlau. Denk nach, denk nach …«

Kannte sie diese Stimme? Dann wurde ihr mit einem Mal klar, wer da stand, und ohne zu zögern trat Ute einen Schritt vor und presste dem Mann den Griff ihres Fächers in den Rücken.

»Hände hoch!«

»Nicht schießen!«

Die hell gekleidete Gestalt vor ihr hatte die Arme gehoben, und Ute verstärkte den Druck des Fächers vorsichtshalber noch ein wenig. Was nun?

Sie versuchte, ihre Stimme möglichst bedrohlich klingen zu lassen.

»Auf frischer Tat ertappt.«

»Ich …«

»Schnauze!«

Der Mann zuckte zusammen, war aber still. Oh, machte das einen Spaß!

»Ob ich mit Notwehr durchkommen würde? ›Mutige Bewohnerin des Schlosses erschießt Einbrecher‹ – das wäre doch eine gute Schlagzeile, oder?«

»Was? Aber ich bin doch …«

»… ein Experte, wenn es um Schlagzeilen geht?«

»Ich verstehe nicht …«

»Wie wäre es damit: ›Tragischer Unfall auf Schloss Bucheneck: Mutige Heldin will ihr Zuhause verteidigen und erschießt aus Versehen Einbrecher‹?«

Sie ließ den Fächer sinken.

»Umdrehen!«

# 30

Han Liu war am Rand des Parks stehen geblieben und betrachtete eines seiner Werke. In einem Stück der alten Mauer hatte er vorsichtig und unter den Argusaugen der Freifrau einige der Steine entfernt und einen seiner Schaukästen eingepasst. Lotte hatte ihn sich schon mehrmals angesehen und war immer wieder aufs Neue fasziniert davon gewesen, wie klein und filigran die Arbeiten des Mannes waren. Es gab eine Reihe der für ihn typischen klitzekleinen Köpfe, deren Gesichter detailliert ausgearbeitet waren. Wie er es wohl schaffte, so etwas Kleines zu modellieren? Daneben waren Ausschnitte von Grundrissen, Blaupausen, Schnittmuster und Landkarten zu einem Muster angeordnet, das Lotte an die Waben in einem Bienenstock erinnerte. Es fühlte sich seltsam falsch an, dass Han Liu diese Dinge in Streifen und geometrische Figuren schnitt, aber im Ergebnis schuf er einen Bauplan für etwas Neues. Auch in dieser Collage hatte er wieder Fotos aus seinem eigenen Leben eingebaut – und genau wegen eines dieser Bilder wollte Lotte mit ihm sprechen. Er musste sie kommen gehört haben, ihr Schritt war sicherlich nicht mehr leicht, und sie neigte dazu, ihren Stock, mehr liebgewonnene Stütze als notwendiges medizinisches Hilfsmittel, mit mehr Elan als nötig auf den Boden zu setzen. Aber er drehte sich nicht um.

Sie blieb neben ihm stehen und versuchte zu sehen, was er sah. Sein Blick war nicht nach unten auf seine Arbeit in der Mauer gerichtet. Auch nicht auf die Bäume ringsum, sondern auf seine zitternden Hände. Lotte gab ihm Zeit. Dann räusperte sie sich kurz. Es gab einiges zu klären.

»Das auf dem Foto, mit dem Schulranzen und der Sonnenblume in der Hand, das sind Sie?«

»Ja, bei meiner Einschulung.«

»Ah, das habe ich mir gedacht.«

Sie trat näher an ihn heran und beugte sich dann vor, um das Bild genauer zu betrachten.

»Ich mag Ihre Arbeit. Meine Großmutter hatte nach dem Krieg, also nach dem Ersten Weltkrieg, nicht viel. Sie zog als junges Mädchen mit einem kleinen Koffer aus Pappe und wenig Hoffnung als Magd auf einen großen Hof nach Schleswig-Holstein. Aber in ihrem Koffer war ein kleiner Schatz.

Figuren aus Zinn und Porzellan, alle so groß wie ein Fingerhut, die zum Sammeln in einem Setzkasten angefertigt worden waren. Später baute ihr der Sohn des Landwirtes einen Setzkasten für ihre Schätze.«

Han Liu lachte.

»Lassen Sie mich raten, er verliebte sich in die arme Magd?«

Lotte sah ihn erstaunt an.

»Nein, natürlich nicht. Was sollte er mit einer mittellosen Magd? Seine Familie hätte ihm das nie erlaubt, und mit dem Land und dem Hof hatte er ganz andere Gelegenheiten. Meine Großmutter sagte, er hätte außerdem ein Gesicht wie ein Ochse gehabt, aber geschickte Hände. Sie hat später einen jungen Hafenarbeiter geheiratet, der auch nicht viel mehr besaß als sie. Aber zusammen haben sie hart gearbeitet und sich etwas aufgebaut. Bis der nächste Krieg kam.«

Han Liu musterte sie.

»Warum erzählen Sie mir das?«

»Weil ich an den Setzkasten denken muss und an meine Großeltern und grundsätzlich an das ein oder andere Vergangene, wenn ich Ihre Arbeiten sehe. Ich mag das, was Sie tun.«

Lotte schüttelte den Kopf.

»Aber ich würde Ihnen doch raten, das Datum,

das hinten auf der Tafel steht, vor der Sie bei Ihrer Einschulung fotografiert wurden, zu überdecken. Sonst könnte jemand auf die Idee kommen, als wären Sie vor genau dreißig Jahren eingeschult worden, wenn ich richtig gerechnet habe?«

Han Liu musterte sie mit unbeweglicher Miene, und Lotte sprach schnell weiter.

»Aber das kann ja nicht sein, denn dann wären Sie mindestens 36 Jahre alt.«

Sie wartete auf eine Reaktion, aber es kam keine.

»Sechs Jahre zu alt für das Nachwuchsstipendium, das Sie bekommen und das Ihnen ermöglicht, hier mitzumachen? Ich selbst finde ja aus gegebenem Anlass und eigener Erfahrung jede Form von Altersdiskriminierung einfach nur dämlich.«

Lotte zwinkerte ihm zu.

»Wenn Sie das Foto dort austauschen, wird es niemandem auffallen. Und ich bin alt und vergesslich, wie man mir immer wieder einzureden versucht.«

Und jetzt, endlich, reagierte Han Liu. Er lachte, ein schönes, offenes Lachen, das über die Wiese und in den Wald klang.

Sie waren einige Meter weitergegangen und schließlich an einer Bank stehen geblieben, von der aus man einen schönen Blick auf das Schloss hatte. Lotte setzte sich und sah Han Liu fragend an.

»Mögen Sie mir erzählen, warum Sie die Zwille nicht ausprobieren wollten?«

Auch Han Liu hatte sich gesetzt und blickte entspannt auf das Schloss. Nach einem kurzen Moment des Schweigens antwortete er ihr.

»Wollen nicht, aber ich glaube, ich bin Ihnen etwas schuldig, Frau Hansen.«

Er wühlte in seiner Tasche und zog eine Packung Zigaretten aus der Tasche.

»Stört es Sie?«

»Nein. Es erinnert mich an früher. Wissen Sie, dass früher einfach überall geraucht wurde? In den Büros, im Auto, in der Bahn, in der Straßenbahn gab es Raucherabteile. Im Restaurant war es üblich, dass nach dem Essen geraucht wurde. Wir müssen alle wie ein einziger großer Aschenbecher gerochen haben. Ich glaube, erst in den Neunzigerjahren wurde es weniger. Aber rauchen Sie nur.«

Er zündete sich umständlich mit einem Streichholz eine Zigarette an, steckte das abgebrannte Holz wieder in die Schachtel zurück und inhalierte tief.

»Eine meiner ersten Erinnerungen ist, wie mein Vater in unserer Wohnung in Berlin sitzt und sich die Ohren zuhält und weint. Das muss Silvester gewesen sein, ich war fünf oder sechs.«

Ein erneuter Zug an der Zigarette, seine Hände waren ruhig, seine Stimme gelassen.

»Er hielt sich jedes Jahr zu Silvester die Ohren zu und weinte, weil draußen die Knaller losgingen und es an allen Ecken und Enden knallte und bollerte.«

Dann drehte er sich zu ihr um, und Lotte konnte den Schmerz in seinen Augen sehen.

»Ich bin in Deutschland geboren, ich weiß nichts von Widerstand, ich weiß nicht, wie es ist, wenn Schüsse um einen herum fallen. Aber mein Vater wusste es. Ich durfte keine Spielzeugpistolen haben. Wenn andere Kinder Kleidung mit Tarnmuster trugen oder Superheldenfiguren mit in die Schule nahmen, stand ich daneben und trug die von meiner Mutter gestrickten Pullover und malte Friedenstauben.«

Er zuckte mit den Schultern.

»Aber die Angst sucht sich ihre Wege, um weiterzuleben. Angst vererbt sich.«

Lotte hatte ihm aufmerksam zugehört und griff dann gedankenverloren nach seiner Zigarette, um selbst einen Zug zunehmen. Er sah sie erstaunt an, lächelte dann aber.

»Ich bin 1955 geboren. Mitten ins Wirtschaftswachstum. Uns ging es gut. Meine Eltern hatten sich einen kleinen Betrieb aufgebaut. Wir hatten Essen, Spielzeug, einen Weihnachtsbaum mit wunderschönen Kugeln. Wir waren nicht reich, aber sicher. Verstehen Sie?«

Sie sah zum Schloss, das auf die Entfernung noch eindrucksvoller wirkte.

»Und niemand in unserer Familie sprach jemals über die schwere Kiste aus Metall, die hinten im Schuppen versteckt war. Die Kiste, in der meine Mutter Jahr für Jahr Konserven und Kleidung, Decken und Medikamente, aber auch alten Goldschmuck sammelte.«

Lotte dachte an ihre Mutter, die mit 67 Jahren an einem Hirnschlag gestorben war. Lotte war mittlerweile älter, als es ihre Mutter geworden war. Und ziemlich genau seit dem Tag, als dies passiert war, an dem sie wusste, dass sie nun etwas erleben würde, was ihre Mutter nie erlebt hatte, wurde diese in ihren Erinnerungen stetig jünger. Bis irgendwie nur noch die junge Frau, die heimlich Dinge in einer Kiste versteckte, übrig geblieben war.

»Sie hatte Angst. Angst, nichts zu haben, zu hungern, uns nicht warm halten zu können, nicht für uns sorgen zu können.«

Lotte blickte auf ihre Hände, die wie die Hände ihrer Mutter aussahen. Aber nicht nur das hatte sie von ihr übernommen.

»Und daher: Ja, ich weiß, dass Angst sich vererbt.«

Lotte hatte lange nicht mehr an ihre Mutter gedacht. Erst die Miniaturen ihrer Großmutter, dann die Kiste ihrer Mutter. Der nicht ganz so junge Mann neben ihr und seine Kunst schafften es, auch in ihr die scheinbar kleinen Dinge wieder hervorzuholen.

»Sind Sie deswegen reich geworden?«

Han Liu hatte die Frage in einem völlig trockenen Tonfall gestellt, aber seine Augen blitzten dabei.

Lotte stutzte kurz und lachte dann laut auf. Han Liu hatte in wenigen Sekunden etwas begriffen, für das sie selbst Jahre gebraucht hatte.

# 31

Gibt es irgendeine Möglichkeit, die Richtung zu bestimmen, aus der die Kugel geflogen kam?«

Selin war versucht gewesen, Lotte zu folgen, die ihrerseits ja wenig unauffällig Han Lui gefolgt war. Aber dann hatte sie es sich anders überlegt. Lotte war gut darin, mit anderen Menschen zu sprechen und Vertrauen herzustellen. Wenn jemand herausfinden würde, was hinter der Weigerung des jungen Künstlers, die Zwille auszuprobieren, steckte, dann Lotte Hansen. Und die würde es dann Selin erzählen – hoffentlich zumindest.

Sie presste das Handy gegen ihr Ohr und unterdrückte einen Seufzer, während sie den Ausführungen des Technikers folgte.

»Ja, ich weiß sehr wohl, dass das echte Leben nicht wie eine Folge *CSI* funktioniert. Es hätte aber ja sein können, dass …«

Sie verdrehte die Augen.

»Geben Sie mir einfach, was Sie haben.«

Selin legte auf und stopfte das Handy in ihre Schultertasche. Es sah nicht gut aus, gar nicht gut. Ohne einen zusätzlichen Hinweis oder irgendeinen Beweis konnte das nun gut das Ende ihrer Ermittlungen sein. Die Idee, dass eine Zwille benutzt worden war, erschien zwar logisch und in ihren Augen sehr wahrscheinlich. Aber Wahrscheinlichkeiten reichten in ihrer Welt nun mal – und zum Glück – nicht aus. Sie hatten zwar die Kugel, aber nicht die passende Waffe dazu. Die Indizien waren zu schwach, als dass die Staatsanwaltschaft ihr Durchsuchungsbeschlüsse für sämtliche Bewohner und Mitarbeiter des Schlosses ausstellen würde. Nicht einmal Katharina Friedrich würde das tun. Und hinzu kam, dass sie bisher eben nicht beweisen konnten, dass Räubers Kunstwerk wirklich durch die Kugel zerstört worden war. Es war zum Mäusemelken. Ihr Instinkt sagte ihr, dass sie auf der richtigen Spur war. Aber Selin würde ihre Antworten schon bekommen. Keiner der Anwesenden hatte sich bei der Aktion mit der Zwille besonders auffällig verhalten. Arne Kaiser war da schon am verdächtigsten gewesen, aber alles deutete darauf hin, dass es einfach seine Art war, sich so in den Vordergrund zu spielen. Doch Selin hatte auch gar nicht damit gerechnet, etwas besonders Auffälliges zu sehen.

Für sie kam es auf die kleinen, unauffälligen Dinge an. Die kurzen Blicke untereinander, das schützende Hochziehen der Schultern, die Anspannung in Kiefer und Gesicht. Die leisen Veränderungen in Stimme und Körperhaltung. Die meisten Menschen waren sich nicht bewusst, was sie alles sagten, ohne dabei Worte zu benutzen. Und wie stark ein Körper widerspiegelte, was der Kopf dachte.

Die meisten Menschen wussten das nicht. Zum Glück. Nur diesmal hatte Selin ein Problem: Zum einen hatte sie mit Chris Christiansen einen Schauspieler in der Runde, der nicht nur um die Beredsamkeit eines Körpers wusste, sondern diese auch nutzen und verändern konnte. Dann war mit Ute jemand dabei, die wahrscheinlich über die Jahre der Arbeit – und Selin hatte eine gewisse Ahnung, was Ute in ihrem Leben so alles getrieben hatte – gelernt hatte, verdammt gut zu pokern und sichtbare Zeichen von Aufregung zu unterdrücken. Aber eine der Anwesenden hatte etwas getan, was nur sehr, sehr schlechte Lügner taten: Sie hatte ihr, ohne zu zwinkern, gerade in die Augen geblickt. Also machte sich Selin nun selbst auch auf in Richtung Wald, folgte allerdings nicht Han Liu und Lotte, sondern bog in den kleinen Weg ein, der sie am Rand des Parks entlang bis zum Bach bringen würde. Denn dort, an genau der Stelle, wo im letzten Jahr der kalte Körper der Sängerin im Wasser gelegen hatte, stand Isabella de Santis und machte mit ihrem Handy Fotos von den vielen schimmernden roten Glaskugeln, die scheinbar über dem Wasser schwebten und dann in die überhängenden Äste der Bäume aufzusteigen schienen. Selin kam näher. Die Kugeln, die so leicht aussahen, aber gleichzeitig etwas sehr Schweres auszudrücken schienen, faszinierten sie.

»Warum zerbrechen die Kugeln nicht?«

Isabella de Santis zuckte bei Selins Stimme nicht zusammen, sie musste sie also gehört oder damit gerechnet haben, Gesellschaft zu bekommen.

»Es gibt viele Dinge, die zerbrechlicher aussehen, als sie in Wirklichkeit sind.«

Das stimmte mit Selins eigenen Erfahrungen überein, und daher nickte sie nur.

»Kann ich eine der Kugeln einmal anfassen?«

Isabella schüttelte den Kopf, griff dann aber zu der mit Holzwolle ausgekleideten Kiste, die hinter ihr stand und zog eine dunkelrote Kugel heraus.

»Hier, die schenke ich Ihnen. Wenn Sie denn ein Geschenk von einer Verdächtigen annehmen dürfen.«

Selin griff nach der Kugel. Sie war etwa so groß wie ihre Hand und erstaunlich uneben in ihrer Oberfläche.

»Ich dachte, solche Kugeln wären außen glatt, so wie Weihnachtsbaumkugeln?«

Isabella de Santis schnaubte.

»Warum denken eigentlich alle bei dem Gedanken an Glas zuerst an so etwas? Wissen Sie eigentlich, was alles aus Glas gemacht wird? Wie stabil Glas sein kann? Was für Wunder in einem Stück Glas gefangen gehalten werden können? Warten Sie.«

Sie ging zu ihrem Rucksack, der neben der Kiste stand, und wühlte einen kleinen Moment, bis sie etwas fand.

»Ich wusste doch, dass ich noch eine habe. Schauen Sie.«

Auf Isabella de Santis' Hand lag eine Art Tropfen aus durchsichtigem Glas, vorne dick und rund, hinten zu einer Art schmalem Schweif oder Schwanz auslaufend. Das Gebilde erinnerte Selin stark an eine der Kaulquappen, die sie als Kind immer im Gartenteich ihrer Großmutter beobachtet hatte.

»Das ist eine Bologneser Träne. Ich habe meistens welche davon dabei, weil sie gerade Kinder immer so begeistern.«

Die farblose Träne wirkte im Vergleich zu der farbenfrohen Kugel in ihrer Hand nicht sonderlich aufregend.

»Unscheinbar, nicht wahr? Aber es ist ein bisschen wie ein Zaubertrick.«

Isabella legte die Träne auf den Boden und griff dann nach einem der Steine, die am Ufer des Baches lagen.

»Wenn ich mit Kraft oben auf den Kopf der Träne einschlage …«

Selin hätte fast ihre rote Kugel fallen lassen, als die junge Künstlerin genau das tat.

»… passiert nichts. Die Träne bleibt heil, hält ziemlich heftigen Schlägen stand.«

Sie schlug erneut zu und hob dann die noch heile Träne auf.

»Aber wenn ich hier auch nur mit ein bisschen Kraft aus meinen Fingern drehe …« Isabella drückte auf den Schwanz der Träne. »… zerspringt alles in kleine Teile.«

Selin sah erstaunt, wie kleinste Glassplitter explosionsartig auf Isabellas ausgestreckte Hand fielen. Die Künstlerin blies diese in die Kiste und richtete sich wieder auf.

»Die Tränen entstehen, wenn ich heißes Glas zum Abkühlen in kaltes Wasser oder Öl tropfen lasse. Das Glas kühlt so schnell von außen ab, dass sozusagen die ganze Energie aus der Hitze als Spannung in ihm gespeichert wird. Drehe ich am dünnen Ende, lasse ich die Spannung frei. Und die Träne zerspringt.«

Isabella ging wieder zum Bach und griff nach

der nächsten roten Kugel, um sie von ihrer Leine zu lösen.

Selin ließ das, was sie gehört und gesehen hatte, auf sich wirken und stellte dann die nächste Frage.

»Warum halten Sie sich für eine Verdächtige?«

»Weil Sie mir gerade hierher gefolgt sind. Und weil ich Ihnen etwas erzählen muss.«

»Ich höre.«

Selin drehte die Kugel langsam in ihren Händen und bewunderte dabei die Farben, die sich in ihr zu bewegen schienen.

»Bitte gehen Sie vorsichtig damit um.«

»Mit der Kugel oder mit dem, was Sie mir erzählen wollen?«

Isabella lächelte, aber es war ein angespanntes Lächeln.

»Wahrscheinlich sollten Sie mit beidem vorsichtig umgehen.«

Nun hatten sie beide eine rote Kugel in der Hand. Für einen Außenstehenden musste es merkwürdig aussehen: zwei Frauen, die sich am Ufer eines Baches unterhielten und dabei große rote Kugeln aus Glas in den Händen hielten.

»Ich habe Tim Räuber vor einigen Jahren kennengelernt, als er mich als Meisterschülerin in seiner Klasse aufnahm. Ich habe mich so gefreut, denn das Ganze war eine große Chance für mich, an Sichtbarkeit zu gewinnen. Wissen Sie, hier bei uns werden Glaskünstler oft noch belächelt. In den USA gibt es da eine viel größere Leidenschaft, aber bei uns denken viele, wenn sie hören, dass jemand Kunst aus Glas macht, an Andenkenläden oder eben an Weihnachtskugeln. Was Tim Räuber für uns Glaskünstler erreicht hat, ist von großem Wert. Daher war es ein Traum für mich, bei ihm zu lernen.«

Sie verstummte, und Selin hatte eine Ahnung, was jetzt kommen würde.

»Aber?«

»Aber dann wurde er zudringlich. Er lud mich ein, ihn in seinem Atelier zu besuchen. Allein. Ich – ich war nicht so naiv, die Einladung anzunehmen. So wie er mit mir sprach und mich im Vorbeigehen streifte oder ständig versuchte, mich *zufällig* zu berühren, war klar, was er wollte. Ich achtete darauf, nie allein mit ihm zu sein. Bat einen Bekannten, mich abzuholen und als mein Freund aufzutreten. Hoffte einfach, dass Räuber es bei seinen ersten Versuchen belassen würde. Eine Zeit lang war dann auch Ruhe, er hielt wieder Abstand, und ich atmete auf. Und dann passierte es doch. Ich arbeitete in der Werkstatt an einem Objekt, und nach und nach gingen die anderen. Ich war so in meine Arbeit versunken, dass ich nicht merkte, dass ich die Letzte war.«

Isabella holte tief Luft.

»Räuber kam an, stand plötzlich hinter mir und zog mich an sich. Ich sagte deutlich Nein und versuchte, mich loszumachen. Und er lachte und sagte, ich könne ruhig aufhören, die Unnahbare zu spielen.«

Selin merkte, dass sie die Hände zu Fäusten geballt hatte. So oft schon hatte sie diese Geschichte auf die ein oder andere Art und Weise gehört.

»Wenn nicht die Tür aufgegangen wäre, weil einer meiner Kommilitonen seine Tasche vergessen hatte … Räuber ließ mich los, und ich stürmte aus der Werkstatt. Am nächsten Tag meldete ich mich krank. Ich ließ Freunde meine Sachen abholen und beendete die Klasse, ohne jemals wieder dagewesen zu sein.«

Isabella bückte sich hinunter zur Kiste und legte die Kugel vorsichtig ab. Als sie sich aufrichtete, konnte Selin die Wut, aber auch die Hilflosigkeit in ihren Augen sehen.

»Als ich herausfand, dass auch Räuber hier sein würde, habe ich kurz überlegt abzusagen. Aber ich brauche die Ausstellung. Und der Gedanke, dass Räuber bei meinem Anblick womöglich sogar Angst bekommen würde, dass ich doch noch reden könnte … Die Sache ist sieben Jahre her. Einiges hat sich seitdem verändert. Ich habe mich geändert.«

»Warum erzählen Sie mir das?«

»Weil Sie es so oder so herausfinden würden?«

Selin nickte, obwohl sie sich da gar nicht so sicher war. Aber solange die Leute glaubten, die Polizei würde wie von Zauberhand alle Geheimnisse ihrer Vergangenheit ausgraben können, war sie klar im Vorteil. Ohne die Angst vor Strafverfolgung und damit auch ohne den Glauben daran, dass die Polizei gut in dem war, was sie tat, würden wahrscheinlich deutlich mehr Menschen Verbrechen begehen. Ein zynischer Gedanke, aber einer, der mit Selins Erfahrung übereinstimmte. Wenn jemand glaubte, in seinem Handeln unentdeckt zu bleiben, wurde oft erst deutlich, wie stabil sein moralischer Kompass wirklich war.

Sie wandte sich wieder Isabella zu.

»Wollen Sie mir sonst noch etwas erzählen? Über gestern?«

»Nein, da gibt es nichts zu erzählen. Ich war hier, hörte den Krach und rannte los. Von hier aus konnte man das Kunstwerk nicht sehen, daher habe ich erst erkannt, was passiert ist, als ich zusammen mit Han den Hügel hochgerannt bin.«

Das deckte sich mit den Aussagen von Han Liu und Merle Hermann. Aber ob Isabella wirklich am Bach gewesen war oder vorher oben auf dem Hügel gestanden und eine Kugel in Räubers Kunstwerk geschossen hatte, blieb offen. Selin drehte die Kugel in ihren Händen. Das Licht ließ die Farben schimmern. Sie war erstaunt, wie lebendig das wirkte.

»Wer wusste von Räubers Übergriffen?«

»An der Uni? Wahrscheinlich jeder. Han kennt den Laden lange genug, um den Klatsch zu kennen, und Räuber kannte er auch schon vor seiner Bewerbung. Die beiden haben den gleichen Galeristen, auch wenn Räuber natürlich der Star war. Aber ehrlich gesagt, jeder, der den Mann auch nur zehn Minuten erlebt hatte, konnte sich vorstellen, woher der Wind wehte. Er war ein Arsch.«

Selin dachte an einen anderen Künstler, der sich heute nicht gerade positiv in den Vordergrund gespielt hatte.

»Kannte Arne Kaiser Räuber schon vor der Ausstellung hier?«

»Nein, ich glaube nicht, Aber Arne hat Räuber auf die Palme gebracht. Das war allerdings sehr lustig. Wissen Sie, Arne Kaiser ist ja mehr oder weniger aus dem Nichts hier aufgetaucht, hat mit dem deutschen Kunstbetrieb mit seinen Unis, Ausschreibungen und so weiter einfach nichts zu tun. Keiner von uns kannte ihn. Und Räuber hatte keine Macht über ihn – und ich glaube, das ist etwas, was ihm nur äußerst selten passierte.«

Sie löste eine weitere Kugel von dem fast unsichtbaren Faden, an dem sie hing. Selin wurde erst jetzt richtig klar, dass Isabella dabei war, das Kunstwerk komplett abzubauen.

»Sie bauen ab?«

»Ja. Ich glaube nicht, dass die Ausstellung noch weitergeführt wird. Und ohne Besucher macht es keinen Sinn, das alles hier hängen und schwimmen zu lassen.«

Selin trat näher an das Wasser und beobachtete die kleineren Kugeln, die auf dem Bach trieben.

»Wie haben Sie die Kugeln da so hinbekommen?«

»Mit Geduld und nassen Füßen.«

Isabella trat lächelnd zu Selin und zeigte auf eine etwa zwei Meter entfernte Stelle im Bach.

»Dort oben habe ich ein schweres Stück Metall versenkt, an dem ich mehrere unterschiedlich lange Angelschnüre befestigt habe. Daran binde ich die Kugeln. Die Kugeln sind ja mit Luft gefüllt, schwimmen also auf dem Wasser. Die Schnur hält sie an Ort und Stelle.«

»Sie sehen aus wie gerade aufgestiegene Luftblasen.«

Was nur halb stimmte, denn für Selin sahen sie aus wie gerade aufgestiegene Blasen aus Blut. Aber sie wusste nicht, wie Isabella diese Assoziation finden würde. Eine Frage hatte sie noch.

»Hatte Räuber denn so viel Macht?«

»Ja, auf jeden Fall. Zumindest in unserer Welt. Er und seine Freunde. Die sich von früher kennen, die sich bei den Ausstellungen treffen, auf den Messen. Die, die junge Künstler groß machen können.«

Sie sah Selin in die Augen.

»Oder vernichten.«

# 32

Nach dem Bach mit seinem glucksenden Wasser und den nahen Bäumen, deren Rauschen auch bei so wenig Wind wie immer als stetiges Geräusch im Hintergrund zu hören gewesen war, freute sich Selin, wieder in den warmen Sonnenschein der Schlosswiese zu treten. Der Wald, speziell der alte Buchenwald rings um das Schloss, war ihr suspekt. Sie mochte offene, weite Flächen, die Möglichkeit, in die Ferne zu blicken, zu sehen, was ihr entgegenkam und was hinter ihr lag. Immer, wenn sie den Wald betrat, musste sie an alte Märchen denken, und zwar nicht an die rosarot gefärbten Versionen der Gegenwart. Sie sah hinter jedem der Bäume die Möglichkeit eines Verstecks, sah Augen und knorrige Hände zwischen den Wurzeln auftauchen, hörte flüsternde Stimmen oder dunkles Raunen. Verrückt, dass sie, die sie sonst doch so sehr auf der rationalen, vernünftigen, klaren Seite des Lebens stand, im Wald immer Gefahr lief, sich zu verlieren. Und sich auch wortwörtlich zu verlaufen.

Und Isabella de Santis' Kunstwerk, diese roten, scheinbar aus dem Wasser aufsteigenden Kugeln, hatte für sie auch so ganz und gar nichts Liebliches an sich. Ihre erste Assoziation an Blut hatte sich während des Gesprächs nur noch verstärkt. Rot wie Blut – das waren doch die Lippen von Schneewittchen? Sie würde den Professor fragen, der dazu wahrscheinlich eine ganze Menge zu sagen wüsste.

Am Rand der Wiese blieb sie stehen. Isabellas rote Kugeln und die Wahl des Baches, der gleichzeitig ja Schauplatz eines blutigen Verbrechens gewesen war, sagte wahrscheinlich einiges über die junge Künstlerin aus. Und Han Liu, der alles verkleinerte und zu ganz eigenen Ordnungen zusammenbrachte? Warum tat er das? Selin hatte die Würfel, die Tim Räuber in die Mitte des Parks gestellt hatte, nur auf einem Foto gesehen. Aber alle sagten, die Oberfläche wäre sehr dunkel gewesen und hätte alles gespiegelt. Arne Kaisers Lichtinstallationen in den Scheunen stachen etwas heraus. Sie waren hübsch, keine Frage. Aber die anderen Kunstwerke sorgten bei Selin dafür, dass irgendetwas, was auch immer, in ihr in Bewegung geriet. Gedanken, Gefühle, Instinkte. Arne Kaisers Lichter schafften das nicht. Und dann war da ja noch die Skulptur von Merle Hermann.

»Lassen Sie uns ein Stück gehen, ja? Ich kann den Anblick der Stangen dort nicht mehr ertragen. Es ist ein wenig so, als hätte Räuber sein eigenes Mahnmal gleich mit erschaffen.«

»Gerne.«

»Lassen Sie uns in den Wald gehen, ich genieße das so sehr. Wenn ich zu Hause in New York bin, sehe ich manchmal eine ganze Zeit lang keinen Baum. Also keinen wilden, nur die, die in den Parks hausen.«

Selin unterdrückte ein Seufzen, als die Künstlerin den Weg in Richtung Wald einschlug. Anscheinend entkam sie ihm heute nicht so einfach. Sie hatte sich am Vormittag die Unterlagen zu Merle Hermann angesehen. Sie war in New York mit ihren Arbeiten sehr erfolgreich und besaß in einem Industriegebiet ein großes Atelier in einer ehemaligen Fabrikhalle. Allein die Immobilie, die auf ihren Namen lief, musste mittlerweile ein Vermögen wert sein. Es gab Bilder von ihr in schicken Galerien und Bilder, auf denen sie inmitten von Metallteilen stand. Immer trug sie auf den Bildern, wie jetzt auch, einen dunklen Overall mit einem breiten Gürtel in der Taille. Vor Jahren hatte sie in Berlin ein Studium angefangen und dann abgebrochen, um nach Amerika zu gehen. In den wenigen Interviews sprach sie über ihre Arbeit, aber nicht über ihre Familie oder Herkunft. Seit dem Studium war sie laut dem, was die Kollegen herausgefunden hatten, kein einziges Mal wieder in Deutschland gewesen. Warum jetzt? Nach so vielen Jahren. Und warum dann eine so kleine Ausstellung wie die auf Bucheneck? Wenn Selin die Informationen richtig verstand, hätte Merle Hermann auf jeden Fall an bekannteren Orten ausstellen können. Und da einer der Vorteile als Polizistin war, genau für das Stellen solcher Fragen bezahlt zu werden, zögerte Selin nicht.

»Wie kommt es, dass Sie hier sind, Frau Hermann. Das erste Mal seit vielen Jahren, oder?«

Sie hatten mittlerweile den Waldrand erreicht.

»Heimweh, glaube ich. Wissen Sie, ich bin gar nicht so weit von hier groß geworden. Ein kleines Dorf im Nirgendwo zwischen Elbe und Seenplatte. Zum Studium bin ich nach Berlin, dann in die USA.«

»Warum sind Sie damals aus Berlin weggegangen?«

Merle Hermann ging weiter, und schon bald waren ihre Schritte auf dem weichen Waldboden nicht mehr zu hören. Auch das war etwas, was Selin am Wald nicht mochte. Entweder hörte man viel zu viel oder zu wenig. Der Boden war so weich, dass jeder Schritt federte. Kein Wunder, dass Menschen glaubten, im Wald lebten Kobolde und Elfen und allerhand anderes Volk. Und im Wald lebten die Räuber, aber der Räuber war tot. Selin konzentrierte sich wieder auf die warme und tiefe Stimme ihrer Begleitung.

»Das Ganze ist schon lange her. Bei allen Versuchen, damals etwas zu verändern, aber die Hochschule – das war eine Riege von Männern, die wie kleine Neros in der Loge saßen, auf das Gemetzel im Kolosseum schauen und den Daumen hoch oder runtermachen. Einige konnten da mitspielen – ich wollte das nicht. Ich wollte an einen Ort, an dem ich meine Kunst machen konnte, ohne mich mit diesem ganzen Machtzeugs herumzuschlagen. Ohne mich mit dem ganzen System der Hochschule herumzuschlagen. Sogar die Studenten, die die Uni scheinbar ablehnten, nutzten so oft die gleichen Strukturen. Viele haben es einfach nur belächelt, wenn eine Frau Kunst machen wollte. Damals wie heute.«

Selin, die selbst keine Uni besucht hatte und nicht glaubte, dass die Fachhochschule der Polizei mit einer Kunsthochschule zu vergleichen war, verstand nicht alles, hatte aber eine ziemlich gute Idee davon, was Merle Hermann dazu gebracht hatte, abzuhauen.

»Und in Amerika war das anders?«

»Ja und nein. Nicht überall. Aber ich hatte das Glück, in einem Projekt zu landen, in dem eine Handvoll Künstlerinnen sich zusammengetan haben, um ihr Ding durchzuziehen. Ihre Kunst zu machen und gemeinsam auszustellen. Es war gut. Es war eine Gemeinschaft, die funktionierte. Weil wir alle vorher Erfahrungen gemacht hatten, die uns ein abschreckendes Beispiel waren. Wir haben damals versucht, unsere Gemeinsamkeiten zu finden und nicht aufeinander einzuhacken. Ich hatte großes Glück, Teil davon sein zu dürfen.«

In den Unterlagen war auch zu sehen, dass Merle Hermann zu einer Zeit an der Kunsthochschule in Berlin ihr Studium begonnen hatte, als auch Räuber dort war. Einige Semester über ihr, aber dort.

»Kannten Sie Tim Räuber vor der Ausstellung hier?«

»Wir müssen zur gleichen Zeit in Berlin gewesen sein, aber wer war das nicht? Und er ist, er war älter als ich, also wahrscheinlich einige Semester über mir? Ich kenne seine Arbeiten, er ist ja auch international durchaus erfolgreich gewesen.«

»Kannte Räuber denn Sie?«

Merle Hermann lachte, doch es war kein glückliches Lachen.

»Ob er mich kannte? Nein, er hatte keine Ahnung, wer ich bin, nicht die geringste Ahnung.«

Sie holte tief Luft, blieb stehen und drehte sich zu Selin um.

»Als ich Tim Räuber hier erlebt habe, seine Art, mit Isabella zu sprechen, seine Art, mit grundsätzlich allen Menschen zu sprechen, habe ich sehr schnell wieder sehr genau gewusst, warum ich damals gegangen bin. Ich könnte in einer Welt, in der Menschen wie Räuber den Ton angeben, nicht leben und arbeiten. Könnten Sie das?«

Selin zögerte nur kurz.

»Ich weiß nicht, ob ich es könnte, aber ich weiß, dass ich es nicht will. Deswegen kämpfe ich dagegen an.«

»Dazu habe ich keine Kraft. Sehen Sie, wenn ich mich immer wieder gegen den Wind gestemmt hätte, wäre ich wahrscheinlich nach und nach so schief geworden wie die Bäume hier an der Küste.«

Selin hätte dazu so viel zu sagen, aber das hier war kein Spaziergang mit einer Freundin, keine Unterhaltung zwischen zwei Frauen, die toxischen Strukturen ausgesetzt waren und sind. Sondern immer noch eine Befragung.

»Kannten Sie einen der anderen Ausstellenden vorher?«

Merle Hermann schüttelte den Kopf.

»Nein. Ich habe mir vorher die Sachen der anderen im Internet angesehen.«

»Und?«

»Isabellas und Hans Arbeiten gefielen mir auf Anhieb.«

Manchmal sagte eine Lücke mehr aus als vieles andere.

»Und Arne Kaisers Installationen?«

»Die sind nicht echt.«

Selin war verwirrt.

»Meinen Sie, sie sind gefälscht?«

Wie konnte man Lichtinstallationen überhaupt fälschen? Doch Merle Hermann lachte nur.

»Nein. Nicht echt im Sinne von nicht wahr, nicht – ernst gemeint? Das trifft es vielleicht. Sie sind gespielt, ein Fake, Arne Kaiser macht nach, was er für Kunst hält. Mimikry. Aber ich glaube ihm das nicht. Besser kann ich es nicht erklären.«

Musste sie auch gar nicht, denn Selin verstand sie sehr genau. Mit Menschen, die vorgaben, etwas zu sein oder etwas zu tun, kannte sie sich nun mal aus.

# 33

Die Leute vergaßen manchmal, dass ein guter Schauspieler nicht nur gut darin war, sich in den Mittelpunkt zu spielen, er war ebenso gut darin, mit dem Hintergrund zu verschmelzen. Nach dem Schock, die Freifrau am Boden in ihrem Büro zu finden, hatte sich Chris in seine Wohnung zurückgezogen und nachgedacht. In solchen Momenten vermisste er Hannes sehr. Mit Hannes hätte er reden könne, also früher, bis vor einigen Jahren die Krankheit nach seinen Erinnerungen gegriffen und ihn nach und nach hatte verschwinden lassen.

Und da er nicht wusste, was er machen sollte, und keinen Hannes hatte, der ihm dabei helfen würde, eine richtige, eine gute Entscheidung zu treffen, blieb er lieber erst einmal so unauffällig wie möglich. Leider schien Lotte irgendetwas zu ahnen, denn sie hatte ihn vorhin bei seinem Versuch mit der Schleuder sehr genau beobachtet. Wie eine

Lehrerin, die nur darauf wartete, dass ihr Schüler von allein alle Missetaten eingestehen würde. Doch wenn er nicht wie die anderen durch den Park lief und seine Nase neugierig wie Lotte oder tolpatschig wie der Professor in alles steckte, würde im Gegenzug wohl auch die Welt ihn einfach in Ruhe lassen. Und das hatte er nach dem Schock gebraucht. Nicht Räubers Tod, der war auch fürchterlich gewesen, keine Frage, und so etwas in echt zu sehen und zu wissen, dass das Blut nicht aus der Tube kam, dass keine geschickten Hände von Maskenbildnern die Scherben auf die Haut geklebt hatten, war schrecklich.

Aber der eigentliche Schock war der Anblick der Freifrau in ihrem Büro gewesen. Zum Glück war sie mit einer Platzwunde davongekommen, und sie konnte sich nicht an den Angreifer erinnern. Aber Chris, Chris hatte eine nur zu gute Ahnung, wer es gewesen sein musste. Und wenn seine Ahnung stimmte, dann war das Ganze seine Schuld.

Unruhig stand er aus seinem Sessel auf und ging durch die leere Wohnung. Auf seinem Schreibtisch lag das letzte Angebot, das sein Agent ihm vorgelegt hatte. Ausgerechnet Theater. Zurück zu seinen Wurzeln. Eine kleine Bühne, wahrscheinlich nur wenige falsche Entscheidungen und ein schlechtes Jahr davon entfernt, auch in der Presse nur noch als Provinztheater bezeichnet zu werden. Aber die Rolle! Sie war verlockend, und er sah sich in Gedanken schon auf der Bühne, die Augen und Ohren der Zuschauer auf sich, ihren Applaus und die Bewunderung.

Er wünschte wirklich, er könnte es annehmen. Aber die Gage war ein Witz, und mit dem Geld würde er weder Sannes Arztrechnungen und Kuraufenthalte noch die Wohnung hier auf Bucheneck bezahlen können. Trotzdem hielt er den Text immer wieder in der Hand, übte die Zeilen und arbeitete an der ihm zugedachten Rolle.

Man sollte doch wirklich meinen, dass das Leben mit Mitte siebzig einfacher werden sollte. Man sollte meinen, dass ein so bekannter Mann wie er mehr auf der hohen Kante hatte als eben einmal knapp die Miete für den nächsten Monat.

Er legte das Skript zur Seite und atmete tief durch. Es half nichts, den Kopf einzuziehen. Er würde mit Lotte sprechen. Ihr erzählen, was er getan hatte. Und Lotte würde wissen, was zu tun wäre.

Leider waren weder Lotte noch Ute da. Auch Harald schien wieder einmal einen seiner geheimnisvollen Spaziergänge zu unternehmen. Dass der Professor ernsthaft glaubte, es gäbe noch irgendjemanden auf Bucheneck, der nicht wüsste, dass er zu der Yoga-Frau im Nachbarort pilgerte, zeigte nur, wie weltfremd der weit gereiste Schlaukopf oft war.

Als er aus dem Schloss trat, führte ihn sein Weg zu den Scheunen, in denen Arne Kaiser seine Lichter installiert hatte. Doch kein Licht schien durch die Tür. War der Kerl abgehauen? Chris hoffte das sehr. Vorsichtig schob er die Tür auf und trat in das Dunkle der Scheune.

»Suchen Sie mich, Herr Christiansen?«

Chris zuckte zusammen. Er drehte sich um, doch schon schob sich Arne Kaiser zwischen ihn und den Ausgang.

»Wie schön, dass Sie da sind. Wir müssen reden.«

Arne Kaisers Stimme hatte etwas Klebriges angenommen. Chris kannte diesen Tonfall. Er erinnerte ihn an die Stimmen der großen Jungs auf dem Schulhof, bevor sie ihm sein Butterbrot und das Milchgeld abgeknöpft hatten.

»Ein schönes Fleckchen haben Sie sich da ausgesucht für Ihren Ruhesitz, Herr Christiansen.«

Irgendetwas an der Art, wie Arne Kaiser seinen Namen sagte, ließ Chris einen Schauder über den Rücken laufen.

»Schickes Schloss, schicke Wohnung. Nur vom Feinsten, oder?«

Arne Kaiser stand so im Türrahmen, dass das Licht von hinten auf ihn fiel und sein Gesicht dadurch in unheilvollem Schatten lag. Hätte kein Regisseur besser machen können.

»Und erst die tollen Freunde. Die reiche Frau Hansen, der schlaue Professor, die große Lange. Und natürlich die Freifrau nicht zu vergessen.«

Chris sah wieder Sandra auf dem Boden liegen, die Haare voller Blut. Er biss die Zähne zusammen.

»So schweigsam, ja?«

Kaiser kam näher.

»Was meinst du, was deine Freunde sagen würden, wenn sie wüssten, dass du mich hierhergebracht hast? Dass du mir ermöglicht hast, hier auszustellen und, na ja, meiner Arbeit nachzugehen.«

Chris hatte den Wechsel ins Du und die versteckte Drohung sehr wohl bemerkt.

»Deine Arbeit? Woher sollte ich denn wissen, dass du damit nicht die bunten Lichter hier meinst, sondern …«

Er zögerte, und Kaiser lachte.

»Ich würde an deiner Stelle einfach nicht weitersprechen. Einige Dinge bleiben lieber unausgesprochen.«

»Sonst?«

»Sonst werde ich deinen feinen Freunden erzählen, dass du bis über beide Ohren mit drinsteckst. Vielleicht glauben sie das nicht sofort, aber der Zweifel wird genügen. Und was meinst du, was deine gute Freundin, die Freifrau, sagen wird, wenn sie erfährt, dass du den Mann ins Schloss gebracht hast, der sie verletzt hat?«

Chris schwieg, was ihm ein wissendes Grinsen von Kaiser einbrachte.

»Du schweigst also. Und noch besser, du wirst heute Abend die Freifrau in ihrer Wohnung besuchen und dafür sorgen, dass sie da auch bleibt. Sie darf nicht in ihr Büro, verstanden? Und gib mir deine Schlüsselkarte.«

Chris trat einen Schritt zurück.

»Jetzt!«

Er fühlte, wie das Blut in seinen Ohren pochte, und er ballte die Fäuste. Damals auf dem Schulhof hatte er zugeschlagen. Dann öffnete er sie und zog mit zitternder Hand seine Schlüsselkarte aus der Tasche. Seine Schultern sackten nach vorn, und er merkte, wie er in kurzer Zeit um Jahre alterte.

»Gut. Und die Kombination für die Bürotür.«

»Die kenne ich …«

Der Stoß warf ihn um. Er hatte damit gerechnet, aber trotzdem nicht schnell genug reagiert. Zum Glück hatte die Scheune keinen Steinboden. Er wimmerte.

»Die Kombination?«

Arne Kaiser hatte sich drohend über ihm aufgebaut.

»180961 – Der Geburtstag ihrer Mutter.«

Chris sackte zusammen, und Kaiser lachte.

»Du weißt, was zu tun ist.«

Damit drehte er sich um und verließ die Scheune.

Chris blieb vorsichtshalber noch einige Sekunden sitzen, dann stand er auf und klopfte sich den Dreck von der Hose. Ein kleines Lächeln zeigte sich auf seinem Gesicht. O ja, er sollte wirklich wieder auf die Bühne.

Und er wusste nun, was zu tun war.

# 34

Das Gespräch mit Han Liu hatte Lotte tief bewegt. Nachdem er sie allein gelassen hatte, war die Einsamkeit gekommen. Angekrochen gekommen, so wie sie es so oft tat. Leise und heimlich schlich sie sich an und stürzte sich auf sie. Legte sich wie ein nasser, schwerer Mantel voller Trübsinn und Melancholie auf ihre Schultern und ließ sie sich alt und unendlich müde fühlen.

Wie konnte sie sich einsam fühlen, so inmitten ihrer Freunde? Harald, Ute und Chris hatten sie seit Hannes' Tod nie aus den Augen gelassen. Mit Jenny und Jaro hatte sie zwei neue junge Freunde, die sie an Joost erinnerten und mit denen sie sich jung fühlte. Und das Schloss war zwar ein ruhiger Ort, meistens zumindest, aber ja kein einsamer. Und doch – Hannes fehlte ihr so sehr. Und als sie neben Han Liu an der Mauer gelehnt und an seiner Zigarette gezogen hatte, war ihr die Sehnsucht nach ihrem eigenen Sohn wie ein Messer in die Brust gefahren.

Aber sie tat, was sie immer tat, wenn die Einsamkeit sie erwischte. Sie schlich sich in den Wald, vorbei an dem alten Soldatenfriedhof mit seinen mittlerweile gepflegten Wegen und den Grabsteinen, neben denen nun Tafeln nach und nach die Geschichten hinter den Namen erzählten. Wo möglich, hatte Jaro mit seiner Energie und mithilfe ihres Geldes und Einflusses auch Fotos der jungen Männer aufgespürt und auf die Tafeln drucken lassen. Die Toten bekamen Gesichter.

Aber Lotte ging an dem Friedhof vorbei, folgte dem schmalen und jetzt im Sommer von Farn und Brombeerranken zugewucherten Weg bis zu einer großen Buche, an deren Fuß im Frühjahr Flecken hellgrünen Waldmeisters wuchs. Folgte dem Weg bis zu dem Baum, zu dessen Wurzeln sie die Urnen mit der Asche ihrer beiden Männer begraben hatte. Joosts Asche hatte sie beim Umzug nach Bucheneck eigenhändig vom Friedhof ihres Heimatortes in Schleswig-Holstein gestohlen. Und Hannes' Asche hatte sie zusammen mit ihren Freunden aus dem Bestattungsinstitut geholt. In der offiziellen Urne lag nun nur die Asche aus dem Kamin ihrer Wohnung. Hannes hatte seinen Platz neben Joost gefunden.

Lotte setzte sich auf die kleine Bank neben dem Baum, die Jaro ihr im letzten Jahr gebaut hatte.

»Hier ist wieder einiges los, Hannes. Du wärst sicherlich genervt von den vielen Gesichtern und Leuten. Und davon, dass sie mit ihren Installationen deine heiß geliebten Vögel aus dem Park verscheuchen könnten. Wahrscheinlich hättest du auf Räubers schwarze Würfel erst einmal einen Haufen Aufkleber mit Silhouetten von Vögeln geklebt, damit kein Vogel aus Versehen dagegengeknallt wäre.«

Die Vorstellung eines mit Aufklebern übersäten Kunstwerks Räubers amüsierte Lotte sehr. Sie merkte, wie sich ihre Schultern entspannten.

»Aber die Sachen von der Isabella, die hättest du gemocht. Wobei du wahrscheinlich auch darüber irgendeinen leisen Witz gemacht hättest. Han Liu mag ich sehr. Er hat so eine Art, alles genau zu beobachten. Und wenn du mitbekommen hättest, wie schnell er mich vorhin durchschaut hat. Merle Hermann ist ein ganz anderer Schnack. Beeindruckend. Nicht nur, weil ihre Sachen so groß und schwer sind und sie mit so vielen Werkzeugen arbeitet. Sie hat etwas – ich weiß nicht, so etwas Unnachgiebiges. Ich wette, sie könnte auch alleine auf einer Insel sehr gut überleben. Überleben könnten vielleicht viele, aber die meisten würden wahrscheinlich vor Einsamkeit verrückt werden. Sie nicht. Weißt du, was ich meine?«

Lotte seufzte. Sie vermisste es so sehr, Hannes ihre Beobachtungen zu erzählen. Gesagt hatte er selten etwas dazu, ab und an ein Nicken oder ein leises Brummen.

»Ich könnte nicht auf einer einsamen Insel leben. Wobei ich mich zurzeit manchmal so fühle, als täte ich das. Die anderen bemühen sich so sehr. Aber ohne dich …«

Lotte schwieg einen Moment und lauschte dem Wald. Einige Vögel sangen weiter oben in den Baumkronen, ein Eichhörnchen keckerte. Ein Rascheln im Unterholz einige Meter entfernt. Vielleicht mehr Vögel, ein Frosch oder eine Maus. Der Wald war voller Leben, und sie freute sich, dass sie für Hannes und Joost einen so schönen Ort gefunden hatte.

»Willst du wissen, was ich heute herausgefunden habe?«

Doch bevor sie weitersprechen konnte, kam jemand auf dem Weg auf sie zu, und sie erkannte Selin. Lotte schmunzelte.

»Na, dann kann ich es ja gleich euch beiden erzählen.«

# 35

»Lotte! Ich hab dich schon gesucht.«

Selin war den Weg bis zum Friedhof gegangen und dann den schmalen Pfad, der sie weiter in den Wald führte. Sie wusste, dass Lotte dort an einer alten Buche ihren Lieblingsplatz hatte. Und dort saß sie auch jetzt. Selin war sich ziemlich sicher, vorher leise Lottes Stimme gehört zu haben. Sie hatte auch eine Ahnung, mit wem Lotte womöglich sprach, wenn sie auf der kleinen Bank unter dem Baum saß, würde aber sicherlich nicht nachfragen. An der Buche angekommen warf sie einen prüfenden Blick in Lottes Gesicht. Dort, wo sonst Lachfältchen die Augen umgaben, hatten sich in den letzten Monaten auch andere, dunklere Schatten abgesetzt.

»Alles gut bei dir?«

Lotte winkte ab, und zwar auf dieselbe, schnelle und genervte Art wie sonst auch. Eine Geste, die Selin auch von sich selbst kannte.

»Mir geht es gut. Setz dich zu mir. Wir müssen reden.«

Selin setzte sich und seufzte dann.

»Du weiß also wirklich etwas, oder?«

»Ja.«

»Lotte, ich muss …«

»Bevor du wütend wirst, die eine Sache, die ich weiß, habe ich erst heute früh erfahren.«

»Als du Renate Laangé besucht hast?«

Selin musste ein triumphierendes Grinsen unterdrücken, als Lotte sie völlig perplex anstarrte.

»Woher weißt du … Wie hast du …«

Es tat zugegebenermaßen gut, Lotte einmal sprachlos zu erleben.

»Frau Laangé hat die Kollegen angerufen, kurz nachdem du von ihr aufgebrochen bist. Wir wissen jetzt, was im Büro hängt. Bis jetzt haben wir die Freifrau noch nicht informiert – die Kollegen vom zuständigen Dezernat kommen nachher hierher. Zurzeit sitzen zwei Kollegen im Büro der Freifrau hinter verschlossener Tür und spielen Wachhund. Zwei Millionen …«

Selin schüttelte den Kopf.

»Aber auf jeden Fall gebührt dir der Respekt für deine Idee. Frau Laangé war ganz aufgeregt von dem Fund. Und hat den Kollegen ziemlich den Kopf gewaschen, weil niemand auf die Idee gekommen war, sich die Bilder genauer anzusehen.«

»Aber ihr habt euch doch die Unterlagen von der Versicherung angesehen.«

Selin seufzte.

»Ja, so wie du auch, oder? Aber im Gegensatz zu uns hast du weitergedacht und dich gefragt, ob die Unterlagen korrekt sind. Wir haben es einfach geglaubt. Und unter uns – *einfach etwas glauben* ist nicht das, was in meiner Jobbeschreibung steht.«

Lotte lachte.

»Ich wollte es dir wirklich sofort erzählen, aber dann habt ihr das mit den Zwillen aufgebaut und dann Han Liu und …«

»Han Liu geht es besser?«

»Ja. Es war etwas Privates.«

»Dachte ich mir.«

»Was passiert jetzt mit dem Bild?«

»Ich würde es gerne hängen lassen.«

Lotte verstand.

»Und es als Köder benutzen?«

»Ja, aber das ist einfach zu gefährlich für die Freifrau und für euch.«

Als Lotte protestieren wollte, hob Selin die Hand.

»Nein. Da gibt es keinen Spielraum. Und ich habe da eh nichts mehr zu melden. Ich werde nachher zusammen mit den Kollegen die Freifrau informieren, und die werden dann das Bild beschlagnahmen und eine Untersuchung einleiten.«

»Das Bild wurde ihr im letzten Jahr von ihrem Vater geschenkt.«

Selin nickte.

»Herr Heuer wird sicherlich einige Fragen beantworten müssen. Wo ist er eigentlich?«

Lotte zuckte mit der Schulter, sah Selin dabei aber nicht an.

»Weggefahren.«

»Ja? Nun gut. Ich bin sowieso raus aus dem Fall. Die Kollegen übernehmen ab hier.«

»Du bist raus bei dem Einbruch, aber nicht bei dem Mord.«

»Wenn es denn dann ein Mord war.«

Dazu sagte Lotte nichts, aber Selin konnte sehen, wie die Spitzen ihrer wie immer bunten Turnschuhe ungeduldig wippten.

»Lotte? Was ist die andere Sache, die du weißt?«

»Mmm?«

»Du meintest gerade, dass du die eine Sache erst heute Morgen erfahren hast, also muss es da ja noch etwas anderes geben.«

»Hab ich das gesagt?«

Wieder wippten die Turnschuhe auf und ab, aber Selin wartete geduldig, und schließlich begann Lotte zu erzählen.

»Und du hast die Stimme, die das gesagt hat, nicht erkannt?«

»Nein. Das Fenster liegt ja ein ganzes Stück höher als der Weg. Der Wind hat vom Meer her gepüstert, es rauschte in den Bäumen. Und dann hat derjenige ja mehr gesungen als gesprochen. Du weißt ja, wie sich bei einigen Leuten die Singstimme von der Sprechstimme unterscheidet.«

Dann hielt Lotte kurz inne.

»Ehrlich gesagt bin mir nicht einmal sicher, ob es wirklich ein Mann gewesen ist.«

# 36

Lass uns aus dem Wald raus. Ich brauche wieder etwas mehr Himmel über meinem Kopf, und ich muss im Schloss sein, wenn die Kollegen kommen.«

Lotte konnte an Selins Stimme hören, wie angespannt die Polizistin war. Zum einen hatte das irgendetwas mit dem Wald zu tun, Lotte hatte schon öfters beobachtet, dass die sonst so gelassene Frau es nicht mochte, von Bäumen umgeben zu sein. Und dann nagte wahrscheinlich auch der Fall an ihr. Denn Lotte würde um einiges wetten, dass auch Selin nicht an einen Unfall glaubte.

Schweigend gingen sie den Weg zurück und kamen dabei an der Stelle vorbei, an der Jaro vor einigen Wochen gelb-schwarze Warnschilder aufgestellt hatte.

»Vorsicht giftige Raupen! Eichenprozessionsspinner. Kontakt mit den Haaren der Raupe kann zu starken allergischen Reaktionen führen. Bitte auf dem Weg bleiben.«

Selin las das Schild laut und sah dann Lotte an.

»Giftige Raupen. Sollen wir nicht besser einen anderen Weg nehmen?«

Lotte schüttelte den Kopf.

»Nein. Die Schilder hat Jaro hier aufgestellt, die sind nicht echt.«

»Was? Warum sollte er das denn tun?«

»Damit sich keiner der Besucher zu der Senke mit den alten Grabsteinen verirrt.«

»Ah, die Grabsteine.«

Selin kannte die Geschichte, wie Jaro hier aufs Schloss gekommen war. Er war auf der Suche nach Spuren seines Urgroßvaters, dessen letzter Brief am Ende des Zweiten Weltkrieges aus Bucheneck abgeschickt worden war. Bei seiner Recherche war er über einige alte Grabsteine gestoßen, die von Brombeeren überwuchert versteckt in einer Senke im Wald lagen.

»Komm mit, ich zeige dir etwas. Jaro hätte sicherlich nichts dagegen.«

Bevor Selin widersprechen konnte, war Lotte vom Weg abgebogen und ging zwischen den Bäumen weiter auf ein dichtes Gestrüpp aus Brombeerranken und umgestürzten Bäumen zu. Ihren Stock benutzte sie dabei wie eine Art Machete, um die

Ranken zur Seite zu drücken. Fluchend folgte Selin ihr. Auch wenn die giftigen Raupen nicht echt waren, wer wusste schon, was es sonst noch alles an Insekten oder Tieren gab. Lotte schien das alles nicht zu stören, und sie redete, unbeeindruckt von Dornen, Tieren und den tausend anderen Dingen, die unter ihren Füßen scheinbar in Bewegung waren, weiter.

»Jenny hilft Jaro bei seinen Recherchen, und die beiden werden ein Buch über die Geschichte Bucheneck's schreiben. Und daher finde ich die Schilder auch besonders passend.«

»Warum das?«

»Weil Bucheneck gegen Ende des Zweiten Weltkrieges als Lazarett genutzt wurde. Und so wie es aussieht, hat der leitende Arzt damals keinen Unterschied zwischen eigenen und fremden Soldaten gemacht. Um die durchziehenden Truppen fernzuhalten, hat er ebenfalls zu einem Trick gegriffen und Schilder aufgestellt.«

»Mit einer Warnung vor giftigen Raupen?«

»Nein, Blödsinn! Mit einer Warnung vor Typhus – auf den Schildern stand auf Deutsch, Englisch und Russisch: Achtung Typhus! Jaro hat in einem Archiv in Warschau Briefe eines ehemaligen Patienten gefunden, der später seinem Bruder davon erzählt hat. Und sie hatten zur Abschreckung vorne auf der Wiese am Hauptweg mehrere unechte Gräber aufgeschüttet. Jeden Tag die Erde umgegraben, sodass sie frisch aussahen. Wer immer sich dem Schloss näherte, musste glauben, dass dort Menschen waren, die sich mit einer hoch ansteckenden und tödlichen Krankheit infiziert hatten. Der Arzt hat sich wohl allen, die ins Schloss wollten, entgegengestellt. Selbst abgemagert, hustend und in einem erbärmlichen Zustand. Das Magere stimmte, aber der Rest war eine sehr, sehr gute Inszenierung.«

Selin sah, dass Lotte es irgendwie geschafft hatte, einen kleinen Weg zu finden, der durch das Gestrüpp führte.

»So haben hier auf Bucheneck wahrscheinlich über dreißig verletzte Soldaten der unterschiedlichsten Armeen und eine Handvoll Dorfbewohner, die nicht schon früher geflohen waren, gemeinsam das Ende des Krieges und die durchziehenden Truppen überlebt. Bucheneck hat sie beschützt. Und die, die an ihren Verletzungen oder den echten Krankheiten gestorben sind, hat man auf dem Friedhof neben dem Schloss begraben. So auch Jaros Urgroßvater.«

Dessen Grabstein, der seinen jüdischen Namen trug, war aber irgendwann mit einem Dutzend anderer in die Senke im Wald geworfen worden. Selin hatte von den Grabsteinen gewusst, die Geschichte mit den Schildern war ihr neu.

»Wer war dieser Arzt? Warum wusste bisher niemand von ihm?«

»Jaro und Jenny versuchen, es herauszufinden. Jaro ist im Moment gerade in Berlin, um in den Archiven der Bundeswehr etwas zu finden.«

Selin war nichts weiter übrig geblieben, als Lotte durch die Büsche zu folgen, und fand sich nun in einer fast rechteckigen Senke wieder. Erleichtert bemerkte sie, dass der Boden der Senke nur wenig bewachsen war und keine Bäume ihr die Sicht auf den Himmel nahmen. Am hinteren Rand lagen wild durcheinandergeworfen vielleicht vierzig Grabsteine, einige zerbrochen, andere auf dem Rücken oder auf die Seite gelegt. Selin sah sich um. Sie verstand auch nicht, was genau hier wohl passiert war. Wenn irgendwelche Idioten in einem Akt von Vandalismus die Grabsteine mit den jüdischen Namen auf dem Friedhof zerstört hätten, wäre das abscheulich und grausam, aber erschreckenderweise nicht unwahrscheinlich. Aber warum die Steine quer durch den Wald schleppen und dann hier abladen? Und von vielen Steinen waren die Inschriften heruntergeschlagen worden. Sie hatte Jaro einmal gefragt, ob er die Polizei einschalten wolle, aber er wollte noch mehr Informationen sammeln.

Er wusste aufgrund von Fotos, dass einige der Grabsteine noch 1989 auf dem Friedhof gestanden hatten, 1992 aber schon nicht mehr.

Heute war Selin das erste Mal selbst in der Senke, und sie schaute sich fragend um. Woher kam das Gefühl der Beklemmung, das sie gerade befiel?

»Lotte, fühlst du das auch, wenn du hier bist?«

Da Lotte nicht nachfragte, was Selin meinte, war ihre Antwort klar.

»Ja. Ich dachte, es sind diese – blinden Grabsteine, die mich so nervös machen.«

Selin ging näher an die Steine und kniete sich hin, um sie genauer zu betrachten. Dabei fiel ihr auf, dass der Boden in der Senke im Gegensatz zu dem Rest des Waldbodens nicht unter ihr federte. Sie beugte sich weiter hinab und legte eine Hand auf den Boden. Dann sah sie auf.

»Lotte, weißt du, ob Jaro jemals die Steine bewegt hat?«

»Ich denke nicht. Warum?«

Selin bohrte ihre Finger in den Boden und stieß nach wenigen Zentimetern auf Widerstand.

»Weil ich glaube, dass die Steine etwas verdecken.«

Lotte kam näher und beugte sich zu ihr.

»Bist du dir sicher?«

Selin nahm ihre zweite Hand zu Hilfe und schob nach und nach die Erde zur Seite. Am Ende wischte sie mit der flachen Hand die letzten Brocken zur Seite und richtete sich auf. Im Sonnenlicht konnte sie sehen, dass sie ein Stück Beton freigelegt hatte.

»Ich mach ein Foto für Jaro.«

Lotte holte ihr Handy aus der Tasche.

»Und dann lass uns das wieder abdecken und Jaro benachrichtigen. Gut abdecken. Und erzähle besser bitte niemandem davon.«

»Warum?«

»Weil das Letzte, was Jaro und Bucheneck brauchen können, ein Haufen wild gewordener Schatzsucher ist, die auf der Suche nach Weltkriegsmemorabilien, dem Bernsteinzimmer oder Resten von Ufos das Gelände stürmen.«

Lotte hatte besorgt zugesehen, wie Selin die Erde und das herausgerissene Moos wieder auf die Stelle gelegt hatte. Hoffentlich hatte sie niemand gehört oder gesehen. Warum war ihr nie zuvor aufgefallen, wie merkwürdig rechteckig die Senke war? Aber auch Jaro hatte es nicht gesehen. Nur Selin, die zum einen wahrscheinlich als Kriminalkommissarin darauf trainiert war, auch kleine Abweichungen wahrzunehmen, und sich gleichzeitig im Wald so unwohl fühlte, dass sie mit doppelter Aufmerksamkeit unterwegs war, hatte es sofort gesehen.

Sie würde Jaro lieber erst anrufen und vorwarnen, bevor sie ihm das Foto schickte. Was wohl unter den Steinen versteckt war? Doch Lottes Überlegungen wurden jäh unterbrochen, als sie einige Meter entfernt hinter der Wegbiegung eine Stimme hörte. Eine singende Stimme.

*»Ein Mörder steht im Walde, ganz still und stumm.*

*Er hat vor lauter Purpur ein Mäntlein um.*

*Sag, wer mag der Mörder sein, der da steht im Wald allein …«*

Selin hatte es auch gehört und rannte mit einer Geschwindigkeit los, die Lotte beeindruckte. Sie hörte einen Schrei, dann ein entrüstetes Aua und dann Selins wütende Stimme.

»Was soll der Scheiß?«

# 37

Wen haben wir denn da? Wenn das nicht der ehrenwerte Graf von Sonneborn ist.«

Ute stemmte genüsslich die Hände in die Hüfte und ließ ihren Blick über den Mann gleiten, der mit rotem Kopf vor ihr stand.

»Sie haben mir einen Mordsschrecken eingejagt!«

»Oh, habe ich das? Was wollen Sie hier? Weiß Ihre Frau, dass Sie hier sind?«

Hubert von Sonneborn zog seinen Blazer zurecht und strich sich mit der Hand durch die Haare. Ute ließ ihn nicht aus den Augen. Er wollte Zeit gewinnen und den Rest seiner Würde zusammenkratzen.

»Nein. Ich wollte sie – überraschen.«

Das war so ziemlich die schlechteste Ausrede, die sie seit Langem gehört hatte. Aber die Freifrau hatte ihren Mann ja auch offensichtlich nicht wegen seiner Intelligenz geheiratet.

»Indem Sie in ihr Büro einbrechen?«

Er versuchte es nun anders und setzte ein schiefes Lächeln auf. Hubert von Sonneborn. Verdammt, er sah einfach gut aus. Ute konnte verstehen, warum die Freifrau sich hatte blenden lassen. Wie der junge Gregory Peck. Sie hatte *Ein Herz und eine Krone* schon so oft gesehen, dass sie die Dialoge mitsprechen konnte. Und sich damals von ihren ersten Gewinnen an der Börse eine Vespa gekauft. Und war dann mit ihr leider nicht durch die römische Sonne, sondern durch den Hamburger Regen gefahren. Vor zwanzig Jahren musste Graf von Sonneborn umwerfend gewesen sein. Auch heute, obwohl sein Gesicht deutliche Spuren seines Lebenswandels trug, war er noch ein gut aussehender Mann.

»Sie sind mir gegenüber im Vorteil, junge Frau.«

Ute zog nur eine Augenbraue hoch.

»Das sehe ich auch so.«

Kurz war er verwirrt, dann lächelte er weiter.

»Ich meine, weil Sie meinen Namen kennen, ich den Ihren aber nicht.«

Ute lächelte zurück. Das Ganze würde ihr jetzt wirklich Spaß machen.

# 38

Als Lotte es deutlich langsamer als Selin zurück auf den Weg geschafft hatte, bot sich ihr ein ungewöhnliches Bild:

Vor ihr auf dem Waldboden saß Chris und rieb sich den Ellbogen, neben ihm kniete Selin, die ihn zerknirscht ansah.

»Es tut mir leid. Ich wollte Sie nicht umstoßen.«

»Mein Fehler. Es ist einfach nicht die Zeit für dumme Witze.«

Chris rappelte sich auf.

»Das ist jetzt das zweite Mal heute, dass mich jemand zu Boden stößt …«

Lotte kam näher und sah ihren alten Freund mit deutlich weniger Mitgefühl an.

»Was in aller Welt sollte das gerade, Chris?«

Ihr Freund zuckte zusammen, was Lotte aber nicht dazu brachte, leiser zu werden.

»Selin hätte dich ernsthaft verletzen können!«

»Es tut mir leid. Ich habe euch beide nur gesucht, und als ich euch dann kommen gehört habe, konnte ich nicht widerstehen.«

Er sah von Lotte zu Selin.

»Es tut mir wirklich leid!«

»Warum hast du uns denn gesucht?«

Lotte war immer noch wütend.

»Ich muss euch etwas erzählen.«

»Na, dann los!«

»Es geht um Arne Kaiser.«

Chris fuhr sich mit den Händen durch seine Haare, die daraufhin in alle Richtungen abstanden. Lotte musterte ihn nachdenklich. Er musste wirklich durch den Wind sein, um seiner Frisur das anzutun.

»Ich weiß gar nicht, wie das alles angefangen hat. Es ist nur so, dass ich ein Angebot habe. Für eine Rolle am Theater. Es ist eine Komödie um einen gealterten Schauspieler, der so sehr mit seinen Rollen verwächst, dass er irgendwann nicht mehr zwischen Bühne und Leben unterscheiden kann. Und so geht er dann als Hamlet zum Arzt, als Cyrano de Bergerac zur Hochzeit seiner Enkelin, als Mackie Messer zu einem Vorsprechen, als Romeo zu seiner Nachbarin usw. Am Ende wird er aber nicht zur tragischen Figur, sondern zum Helden. Ein junges Autorenduo hat es mir mehr oder weniger auf den Leib geschrieben. Und es ist wirklich gut. Komisch und anrührend zugleich. Ich würde das wirklich unendlich gerne mit den Leuten da machen.«

Lotte konnte sich das sehr gut vorstellen, denn anders als die meisten Menschen kannte sie auch Chris' komisches Talent.

»Was hat das denn mit Arne Kaiser zu tun?«

»Alles, leider. Ich würde so gerne wieder auf der Bühne stehen, wirklich. Aber es gibt nur eine geringe Gage, das Theater ist klein, und ich habe so viel verloren. Lotte – ich bin pleite. Und Sanne und die Kliniken und all das, irgendwie musste ich an Geld kommen. Und als Kaiser mir dann Geld anbot, wenn ich ihm helfen würde, einen Platz in der Ausstellung zu bekommen, konnte ich nicht Nein sagen. Und dann hatte ich auch noch die Idee, dass er mir helfen könnte, das Stück und meine Rolle dabei in den sozialen Medien ganz groß rauszubringen. Eine Dokumentation über mich, den alten, halb vergessenen Schauspieler, der hart für sein Comeback kämpft und …«

»Du hast zu oft *Rocky* geschaut.«

Lotte atmete tief aus und nahm dann Chris' Hände in ihre.

»Ach, Keule! Verdammt noch mal! Du weißt doch, dass ich dir helfen würde. Immer!«

Der alte Spitzname, den Chris getragen hatte, als

sie noch gemeinsam durch die Hamburger Nächte gezogen waren, zeigte Wirkung.

»Ich dachte, es tut ja keinem weh, wenn ich Kaiser den Platz verschaffe. Seine Sachen sind ja nicht fürchterlich schlecht, und er hat einiges an Followern. Kunst ist doch eh Geschmackssache. Ich dachte, er wollte einfach bei der Ausstellung dabei sein, und hab das Geld genommen.«

Jetzt schaltete Selin sich ein. Sie war immer noch blass und funkelte Chris wütend an.

»Und was ist gerade so wichtig, dass Sie uns hier im Wald aufgelauert haben?«

Jetzt lächelte Chris das erste Mal wieder.

»Es ist wichtig, weil Arne Kaiser glaubt, ich würde die Freifrau heute Abend davon abhalten, ins Büro zu kommen. Und er glaubt auch, er hätte mir, einem verängstigten alten Mann, die Schlüsselkarte und die Kombination für das Türschloss abgeluchst. Wenn Sie wollen, können Sie also Arne Kaiser auf frischer Tat bei seinem zweiten Einbruch in das Büro der Freifrau ertappen. Er glaubt, er hätte mich so eingeschüchtert, dass er sich in Sicherheit wiegt.«

Noch während er sprach, senkte er seine Stimme etwas und ließ sie zittern, seine Schultern sackten leicht nach vorne, seine Gesichtsmuskeln wurden irgendwie weicher. Vor ihnen stand ein alter, müder und verängstigter Mann. Lotte war beeindruckt wie immer, wenn sie sah, wie schnell Chris in eine Rolle schlüpfen konnte. Auch Selin nickte anerkennend.

»Ich bin beeindruckt, Herr Christiansen. Und ich denke, ich muss einmal dringend telefonieren.«

Lotte zog Chris am Arm etwas zur Seite und beobachtete Selin, die konzentriert in ihr Handy sprach. Dann wandte sie sich ihm zu.

»Wie bist du darauf gekommen, das Kinderlied zu singen?«

»Das habe ich doch schon gesagt. Ich hab euch gehört und wollte euch einen Schrecken einjagen. Ein Scherz. Ein dummer Scherz, Lotte.«

Chris rieb erneut seinen Ellenbogen.

»Ein Scherz, für den ich mit mehreren blauen Flecken bezahlen werde.«

Lotte ging sicher, dass Selin immer noch in ihr Gespräch vertieft war.

»Nein. Ich will nicht wissen, warum du uns erschrecken wolltest. Dass du so etwas komisch findest, weiß ich nur zu genau.«

»Ach ja, die Sache in der Geisterbahn damals?«

Er grinste, und Lotte sah kurz wieder den blonden jungen Mann vor sich, der mit ihr und den anderen über den Hamburger Dom gezogen war.

»Auch das war ganz und gar nicht komisch! Ich will wissen, wie du auf die Idee gekommen bist, dieses Lied zu singen. Also überhaupt zu singen und uns nicht anders zu erschrecken.«

»Du meinst, warum ich nicht einfach Buh gesagt habe?«

Er hatte es begriffen, und Lotte wartete gespannt auf seine Erklärung.

»Ich bin mir nicht sicher.«

»Denk nach! Es ist wichtig.«

Lotte wartete ungeduldig auf eine Antwort, doch Chris ließ sich Zeit.

»Jemand hat gesummt, nein, gesungen. Alberne Kinderreime. Aber irgendetwas daran war gruselig, das hab ich in dem Moment gedacht. Unheimlich fand ich es, und ich hab es mir gemerkt. Für die Rolle. Und als ich euch jetzt erschrecken wollte, hat mich das wohl beeinflusst.«

Seine blauen Augen leuchteten neugierig.

»Warum ist das so wichtig?«

»Erklär ich dir später. Weißt du noch, wer so gesummt oder gesungen hat?«

»O ja, ja klar.«

»Wer?«

Als Lotte Chris' Antwort hörte, fügten sich mehrere Puzzlestücke endlich zusammen.

# 39

Warum sitzen wir hier noch mal wie bestellt und nicht abgeholt?«

Ute zupfte ungeduldig an dem Saum ihres Kleides herum, das sie für den heutigen Abend ausgewählt hatte. Kurz und gerade geschnitten, mit einem weißen Kragen, der ihr das Aussehen einer in die Höhe geschossenen Klosterschülerin verlieh. Dazu trug sie eine Art schwarzen Beutel als Handtasche, dessen Riemen aus Metallketten bestand und der mit Nieten besetzt war. Lotte schmunzelte. Ute sah aus, wie aus einem dieser Mangas entstiegen, nur ehrlich gesagt ein wenig älter und vor allem mehr als nur ein wenig länger.

Der Professor hingegen hatte es sich, wie immer in Cordhose und Hemd, mit einem Buch auf dem Sofa gemütlich gemacht und ließ es nur ab und an sinken, um nach einer der kleinen Leckereien zu greifen, die Jenny aus der Küche des Liebstöckels mitgebracht hatte. Sein Hemd legte anhand einiger Flecken Zeugnis davon ab, dass es unter anderem irgendetwas mit einer dunkelroten Soße gab.

Die Freifrau hatte sich nur sehr, sehr widerwillig dazu überreden lassen, das Feld zu räumen und ihr Büro und den Rest des Schlosses der Polizei zu öffnen. Chris saß, ein Glas Brandy in der Hand, in Hannes' altem Sessel und war in Gedanken versunken. Jonny Heuer stand unruhig am Fenster und sah hinaus in den dunklen Park.

Sie hatten sich alle in Lottes Wohnung versammelt und von Selin, die den Einsatz leitete, die strikte Anweisung bekommen, ihre Nase unter keinen Umständen aus der Tür zu stecken. Ute wandte sich jetzt an die Freifrau, die in Lottes Sessel mit der hohen Lehne saß und unter dem weißen Verband an ihrem Kopf ein noch weißeres Gesicht hatte.

»Sandra, du solltest wirklich noch im Krankenhaus sein.«

»Krankenhäuser sind nichts für mich.«

Jonny drehte sich um.

»Ich habe mir auch schon den Mund fusselig geredet. Sie ist stur. Das hat sie von ihrer Mutter.«

Die Freifrau sah ihren Vater genervt an.

»Ich nehme das mal als Kompliment.«

Dann verengte sie ihre Augen zu schmalen Schlitzen.

»Und ohne dich, werter Herr Papa, wären wir ja wohl auch gar nicht heute hier.«

Jonny zuckte zusammen.

»Wenn ich gewusst hätte, dass ich dich in Gefahr bringe, hätte ich dir das Bild nie und nimmer geschenkt.«

Die Freifrau setzte ein durchtriebenes Lächeln auf.

»Und wenn ich gewusst hätte, was es wert ist, hätte ich es umgehend verkauft.«

Lotte konnte sehen, wie Jonny erleichtert aufatmete.

»Du bist eben auch meine Tochter. Den Geschäftssinn hast du von mir.«

»Wenn ich bedenke, dass ich zuerst dachte, Hubert hätte mir den Einbrecher auf den Hals gehetzt! Ich habe ihm bei unserem letzten Telefonat gedroht, dass ich, wenn er die Scheidung von mir verlangt, ausreichend Material in meinem Safe habe, um ihn dafür bezahlen zu lassen.«

»Erpressung, liebe Sandra?«

Utes Augen glitzerten.

»Nein, Absicherung, liebe Ute.«

Die Freifrau zuckte mit den Schultern.

»Dabei sitzt mein werter Göttergatte weit weg in seiner Hütte in der Schweiz. Er hat mir vorhin von dort eine Nachricht geschickt. Die junge Dame an seiner Seite ist Geschichte. Und er hat sich bei mir für den Pelzmantel entschuldigt und eine nicht unerhebliche Summe an PETA gespendet. Ich weiß auch nicht, was in ihn gefahren ist.«

Das wusste Lotte auch nicht, aber sie hatte in Utes Augen ein kleines zufriedenes Blitzen gesehen und beschloss, ihre Freundin bei der nächsten Gelegenheit nach Huberts plötzlichem Sinneswandel zu fragen.

Der Professor schaute von seinem Buch auf und griff nach einer gefüllten Olive. Nach kurzem Kauen wandte er sich neugierig an Lotte.

»Also ist Arne Kaiser auf Kunstraub spezialisiert?«

»Es sieht so aus. Selin hat mir nicht so viel erzählen können, aber bei einigen Ausstellungen und Veranstaltungen, zu denen er eingeladen gewesen war, sind Dinge verschwunden und …«

Lautes Krachen aus der Eingangshalle ließ sie alle innehalten, dann hörten sie, wie die Wohnungstür aufgerissen wurde. Ein hektisch atmender Arne Kaiser kam ins Wohnzimmer gestürmt, hielt kurz erschrocken beim Anblick der sieben dort versammelten Menschen inne, und rannte dann weiter in Richtung Terrassentür. Dabei stieß er Jenny zur Seite, die gerade aus der Küche kam.

Nur einen winzigen Augenblick später brach das Chaos aus. Chris streckte geistesgegenwärtig sein Bein aus, über das Kaiser allerdings noch gerade eben springen konnte. Doch Lotte hatte kein Bein, sondern ihren schweren Stock ebenfalls ausgestreckt, und das zweite Hindernis brachte Kaiser dann endgültig ins Straucheln. Vielleicht stoppte ihn aber auch das Tablett mit den gebackenen Shrimps, das Jenny ihm auf den Kopf knallte. Oder der Teller mit den gefüllten Oliven, den der Professor erstaunlich zielsicher wie eine Frisbeescheibe auf ihn geworfen hatte. Auf jeden Fall war es Utes nietenbesetzte Handtasche, die, von ihr ohne zu zögern wie ein mittelalterlicher Streitkolben ins Gesicht Kaisers geschwungen, den Eindringling endgültig zu Boden brachte. Und es war definitiv das erstaunlich schnell gezogene Klappmesser Jonny Heuers, das, an Arne Kaisers Hals gedrückt, den Mann am Aufstehen hinderte, bis die Beamten schnaufend ebenfalls ins Wohnzimmer gerannt kamen, wo das Messer plötzlich auf wundersame Weise wieder verschwunden war und von keinem der ansonsten munter drauflosredenden Zeugen erwähnt wurde.

# 40

Er hatte rote Soße und Shrimps in den Haaren. Und sein Gesicht sah aus, als hätte er einen Igel geküsst. Was für ein Anblick!«

Selin lachte immer noch, als die Kollegen Arne Kaiser schon längst in Handschellen aus der Wohnung geführt hatten. Lotte wartete, bis Selin sich beruhigt hatte, dann hob sie die Stimme.

»Wir haben uns aber jetzt die ganze Geschichte verdient.«

Selin seufzte.

»Ja, habt ihr. Aber die *ganze* Geschichte kenne ich ja auch noch nicht.«

Sie warf Jonny Heuer einen Seitenblick zu, doch der schüttelte nur den Kopf. Lotte war sich sicher, dass Heuer nichts, aber auch rein gar nichts zur Herkunft des Bildes sagen würde. Selin ließ sich neben den Professor auf die Armlehne des Sofas sinken.

»Nun gut. Soweit wir herausgefunden haben, tauchte Arne Kaiser vor fünf Jahren plötzlich in der Kunstwelt auf. Es gab Gerüchte über einige gute Verkäufe, er machte die Runde bei den wichtigsten Berliner Galeristen und tauchte mit dem ein oder anderen zahlungskräftigen Kunden im Schlepptau auf. Er war in den sozialen Medien sehr schnell sehr erfolgreich. Viele Prominente haben sich vor seinen Lichtern fotografiert und die Bilder dann ins Netz gestellt. Das Ganze hatte Methode.«

»Gekauft, sicherlich gekauft.«

Der Professor saß auf dem Sofa und kaute genüsslich an dem letzten verbliebenen Shrimp. Chris musterte ihn aufmerksam.

»Woher kennst du dich denn mit so etwas aus, Harald?«

»Recherchen. Ich schreibe einen Artikel über Formen von Gefolgschaft vom Mittelalter bis in die heutige Zeit. Wusstet ihr, dass die Geschichte vom Rattenfänger von Hameln, übrigens eine Geschichte, die man fast auf der ganzen Welt kennt, was ja schon an sich bezeichnend ist, darauf zurückgehen könnte, dass …«

»Harald, nicht jetzt, ja?«

Selin sah Lotte dankbar an.

»Auf jeden Fall scheint das Künstler-Spielen für ihn zwei Vorteile gehabt zu haben: Zum einen bekam er Zugang zu Orten, an denen etwas zu holen war: Galerien, Museen, Privathäuser. Er konnte sich umsehen, Fragen stellen und machte sich dabei aber nicht verdächtig. Er gehörte ja dazu. Und zum anderen konnte er seine Bilder für viel Geld ins Ausland verkaufen. Neben den Installationen malte Arne Kaiser nämlich auch großformatige monochrome Bilder. Einfarbige Leinwände, die er für hohe fünfstellige Beträge verkauft.«

Lotte schüttelte den Kopf.

»Warum sollte jemand so viel Geld dafür ausgeben?«

Aber bevor Selin antworten konnte, meldete sich Ute zu Wort.

»Ah, jetzt verstehe ich es.«

»Dann sei doch so gut und erkläre es mir.«

Lotte hasste es, wenn sie im Trüben fischte.

»Geldwäsche. Ich wette, er nutzt seine Verkäufe, um das dreckige Geld, dass er bei seinen Raubzügen verdient, sauber zu bekommen. Die Methode ist nicht die dümmste. Ich frage mich, ob …«

Selin zwinkerte Ute zu.

»Wir haben schon das BKA informiert, die schauen sich gerade Arne Kaisers Kunden mal genauer an. Und vor allem, bei wem die sonst noch so Kunst gekauft haben.«

Es wurde stiller im Raum, bis schließlich die

Freifrau das Wort ergriff. Sie hatte das ganze Tohuwabohu gelassen aus dem Sessel heraus beobachtet.

»Also ist Arne Kaiser ein Räuber und derjenige, der mich niedergeschlagen hat. Aber ein anderer Räuber lag tot in meinem …«

Lotte hüstelte, und die Freifrau verbesserte sich unwillig.

»… in unserem Park. Hat Kaiser ihn ermordet?«

Selin und Lotte schüttelten gleichzeitig den Kopf.

»Nein.«

»Wer dann?«

# 41

Lotte stand neben Selin auf der großen Wiese im Park und beobachtete, wie die Kunstwerke der verbliebenen Künstler abtransportiert wurden.

»Was passiert jetzt?«

»Arne Kaiser wird wohl einer längeren Gefängnisstrafe nicht entgehen können. Und aufgrund mangelnder Beweise für einen Mord wird Räubers Tod wohl als Unfall eingestuft werden.«

»Trotz der Kugel?«

Selin seufzte.

»Trotz der Kugel.«

Lotte schaute zu den immer noch in den Himmel ragenden Metallstangen, die markierten, wo einst Räubers Kunstwerk gestanden hatte.

»Die Freifrau sagt, sie hat die Nase voll. Das nächste Mal, wenn sie Auflagen der EU befolgen muss, sucht sie etwas, was unter keinen Umständen zu einer weiteren Leiche führt. Chris hat ein Open-

Air-Theater vorgeschlagen, um sie zu ärgern. Mord auf der Bühne …«

Lotte seufzte. Auch wenn es Spaß machen würde, die Freifrau in den nächsten Monaten mit immer neuen Vorschlägen zu ärgern, mussten sie sich etwas Gutes ausdenken, um die Gelder der EU nicht zu verlieren. Aber auch ihr war es lieber, wenn die Ruhe und der Frieden auf Bucheneck in Zukunft gewahrt werden würden.

»Und was passiert mit Jonny? Hat er mittlerweile mit euch gesprochen?«

Selin schüttelte den Kopf.

»Der schweigt. Das wird er nicht ewig können, aber ich wette, er und seine Anwälte arbeiten schon fleißig an einer Geschichte, die ihn mit weißer Weste davonkommen lässt. Unter uns: Da das Bild in Belgien gestohlen wurde und damit mindestens eine Grenze überquert hat, Heuer sicherlich irgendwo einen Kaufvertrag auftun wird und das Ganze so lange her ist, wird man ihn aller Wahrscheinlichkeit nach eh nicht belangen können. Aber die Idee, das Bild mit der Reiterin zu verändern und so vor aller Augen zu verstecken, ist schon verrückt. Ich weiß, dass die Kollegen in NRW gerade versuchen, schnellstmöglich einen Blick auf alle Bilder zu bekommen, die in Jonny Heuers Besitz sind. Falls das Bild mit der Reiterin kein Einzelfall ist.«

»Woher wohl Arne Kaiser davon wusste?«

»Ja, das ist allerdings eine gute Frage. Vielleicht gab es Gerüchte? Vielleicht hat der Künstler, der die Übermalung gemacht hat, geredet? Arne Kaiser sagt dazu nichts, was aber auch zu erwarten war.«

Lotte musste lachen.

»Jonny wird an dem Bild keine Freude mehr haben können. Die Freifrau hat ihrem Vater erklärt, dass geschenkt geschenkt ist und wiederholen gestohlen. Sie wird es zurückgeben. Medienwirksam, wie ich annehme.«

Sie sah, dass Han Liu auf sie zukam. Er trug einen kleinen Rucksack und schlenderte mit der ihm eigenen Ruhe über die Wiese.

»Frau Hansen. Frau Özcan. Ich wollte mich verabschieden.«

»Haben Sie alles abgebaut?«

Lotte würde den jungen Mann vermissen, hatte aber schon dafür gesorgt, dass einige ihrer Kontakte nun seinen Namen kannten. Er würde nicht lange ohne Ausstellung bleiben.

»Ja – fast alles.«

»Nur fast?«

»Ja, nur fast. Ich hab mir erlaubt, einige – Kleinigkeiten zurückzulassen. Ich dachte mir, es wird Sie vielleicht freuen, sie zu finden und sich an unser Gespräch zu erinnern. Und an Ihre Mutter.«

Lotte lachte.

»Wo haben Sie denn …«

Doch Han Liu legte nur einen Finger an den Mund und zwinkerte ihr zu.

»Das werden Sie schon sehen.«

Er nickte Selin zu und ging dann weiter in Richtung Schloss.

Bevor Lotte und Selin ihr Gespräch wieder aufgreifen konnten, kam auch Isabella de Santis auf sie zu.

»Frau Özcan, Frau Hansen!«

Sie blieb vor ihnen stehen, zog einen Tropfen aus Glas aus der Tasche und drückte ihn Selin in die Hand.

»Der ist für Sie.«

Dann rannte sie Han hinterher.

Selin wandte sich an Lotte.

»Bitte sag mir, dass du auch ihren Namen weitergegeben hast.«

Lotte nickte.

»Und was ist mit Chris?«

Langsam gingen sie nun selbst auf die Ecke des Parks zu, wo gerade Merle Hermann damit beschäftigt war, gepolsterte Tragegurte an ihrem Kunstwerk zu befestigen. Es sah so aus, als würde sie versuchen, einem Baum aus Metall ein Geschirr anzulegen.

»Chris hat die Rolle angenommen. Sie ist einfach perfekt für ihn. Und anscheinend ist das Theater zu Geld gekommen und kann ihm eine weitaus bessere Gage bezahlen, als zuerst angenommen. Und dann gab es da noch eine überraschende Nachzahlung alter Honorare für seine Arbeit als Dr. Himmel. Eine großzügige Nachzahlung.«

»Du bist eine gute Freundin, Lotte.«

»Ich? Ich gebe zu, ich habe vielleicht meine Liebe zum Theater entdeckt und beschlossen, ein kleineres Theater hier in der Region zu fördern. Aber das mit den Honoraren war allein Utes Werk. Sie hat sich die Zahlen *aktiv* angesehen, was immer das auch heißen soll.«

Sie waren nur noch wenige Meter von Merle Hermann entfernt.

»Sollen wir?«

»Ja, es wird Zeit.«

# 42

»Ah, Besuch. Ich freue mich, Sie beide noch einmal zu sehen.«

Merle Hermann legte den Schraubenschlüssel aus der Hand, mit dem sie die Gurte gespannt hatte, und lächelte den beiden Frauen zu.

»So wie es aussieht, bin ich die Einzige, die noch nicht ihre Sachen gepackt hat.«

Selin lächelte zurück, während Lotte neugierig näher an das Kunstwerk herantrat.

»Ihre Sachen sind ja auch ein wenig größer als die der anderen.«

»Das stimmt. In einer halben Stunde kommt ein kleiner Kranwagen, um es aufzuladen. Ich habe zum Glück schon eine Anfrage von einem Museum in der Nähe von Hannover, es wird also nicht allzu weit fahren müssen.«

»Das freut mich. Wie heißt das Kunstwerk eigentlich?«

Selin sah, wie Merle Hermanns Blick kurz auf Lotte fiel, die immer noch um das Kunstwerk ging und sich alles genau ansah.

»Wie es heißt? Ich habe es *Unbeugsam* genannt. Ich weiß, vielleicht etwas pathetisch, aber die Bäume hier oben an der See haben mich einfach beeindruckt, und daher erschien es mir passend.«

»Nicht nur die Bäume sind beeindruckend. Sie haben noch bis zur letzten Sekunde daran gearbeitet, oder? Man hat mir erzählt, dass Sie gerade dabei waren, ein letztes Teil anzuschweißen, als die Würfel von Räuber zerbrachen?«

»Ja, ich sehe oft noch ganz am Ende meiner Arbeit die eine oder andere Stelle, die ich noch füllen muss.«

»Können Sie mir zeigen, was Sie vorgestern noch angeschweißt haben?«

»Warum?«

Doch bevor Merle Hermann antworten konnte, rief Lotte:

»Ich hab's gefunden, glaube ich.«

Selin ging zu Lotte, gefolgt von der Künstlerin.

»Ich glaube, das ist es, oder?«

Lotte zeigte auf ein Stück dunkleres Metall, das zwischen mehreren anderen Stäben und Drähten hervorragte.

Selin trat näher, ließ dabei aber Merle Hermann nicht aus den Augen.

Die starrte von Lotte zu Selin.

»Sie wissen es?«

»Ja.«

Kurz glomm etwas in den Augen der Künstlerin auf, kurz, nur ganz kurz wurden die Knöchel der Hand, die den Schraubenschlüssel umklammert hielt, weiß. Dann sanken ihre Schultern nach vorn, und sie ließ das schwere Werkzeug einfach zu Boden fallen. Tränen traten ihr in die Augen. Lotte und Selin schwiegen. Nach einer kleinen Ewigkeit unterbrach Selin die Stille.

»Warum haben Sie Räuber getötet, Frau Hermann?«

Doch die sah Lotte und Selin nur müde an. Also sprach Selin weiter.

»Meiner Frage gestern, ob Sie Räuber gekannt haben, sind Sie ausgewichen, nicht wahr? Sie haben aber gesagt, dass er keine Ahnung hatte, wer Sie sind. Aber vielleicht hätte er sich erinnern sollen? Sie kannten sich, oder?«

Plötzlich sprudelten die Worte aus Merle Hermann heraus.

»O ja, ja. Er hätte wissen müssen, wer ich bin. Wir haben zusammen studiert, er hat mich zu einer Party eingeladen, der talentierte und so erwachsene Räuber, und auf der Party hat er mich dann irgendwann auf dem Flur geküsst und dann, ich habe Nein gesagt, aber da war das leere Zimmer und …«

Sie redete schnell weiter.

»Als ich hierherkam, nach Deutschland, nach so vielen Jahren, habe ich überlegt, ob ich ihn treffen will. Ob ich ihn konfrontieren will mit dem, was er getan hat. Und dann habe ich von der Ausstellung hier gehört und dass er hierherkommt. Und ich dachte mir, dass es perfekt ist. Weit weg von Berlin, ohne großes Publikum. Er würde mich sehen und müsste mit mir sprechen. Ich wollte, dass er mit seiner Tat konfrontiert wird, und ich wollte, dass er mich um Verzeihung bittet. Ich dachte, das wäre der richtige Weg für mich. Ich bin kein junges Mädchen mehr, zwischen damals und heute liegen so viele Jahre, ein ganzes Leben fast. Ich wollte gar nicht so viel von ihm, ich wollte ihn nur sagen hören, dass es ihm leidtut. Und dann – dann hat er mich nicht erkannt. Nicht mein Gesicht, nicht meinen Namen. Er hat sich noch nicht mal an das junge Mädchen erinnert, das er damals in das dunkle Zimmer gedrängt hat. Ich war so wütend. So unendlich wütend.«

Auch Lotte merkte, wie sich ihre Hände um den Griff ihres Stocks krallten. Sie konnte sehr gut verstehen, warum es für Merle Hermann besonders schlimm gewesen war, dass Räuber sich nicht einmal an sie erinnert hatte.

»Ich wollte mich rächen und den Würfel zerstören, in dem er sich so gerne ansah und immer wieder spiegelte. Und als er dann darunterlag, um ihn zu polieren, da habe ich nicht lange nachgedacht.«

»Sie können sehr wohl mit einer Zwille schießen, oder?«

Die Künstlerin nickte.

»Ein Freund in Amerika hat auf dem Schrottplatz, auf dem ich manchmal Material suche, immer mit einer Zwille geschossen. Er hat es mir gezeigt.«

Jetzt zeigte Lotte auf das unscheinbare Stück Metall, das sie im Kunstwerk gesucht und gefunden hatte.

»Und nachdem Sie geschossen haben, haben Sie die Zwille einfach in Ihr Kunstwerk eingebaut?«

»Ja. Es war – nötig. Richtig. Unvermeidbar? Als ob ich dazu gezwungen wäre, es zu tun. Ich weiß, ich hätte die Zwille wegwerfen sollen, zerstören. Aber es war genau das Teil, das noch in meiner Skulptur fehlte. Ich habe den Riemen abmontiert und in den Ofen gesteckt. Und das Metallteil angeschweißt. Es ging alles so schnell.«

Lotte nickte.

»Sie haben das Gummi verbrannt. Ich erinnere mich noch, dass aus Ihrem Ofen ungewöhnlich schwarzer Rauch quoll.«

»Ja.«

Inzwischen waren zwei uniformierte Polizistinnen über die Wiese auf sie zugekommen. Selin holte tief Luft.

»Frau Hermann, ich nehme Sie fest wegen des Mordes an Tim Räuber. Die Kollegen bringen Sie nach Rostock aufs Revier. Die zuständige Staatsanwaltschaft wird Anklage erheben.«

Als Merle Hermann mit den beiden Polizistinnen den Park verlassen hatte, wandte sich Lotte zu Selin um und seufzte.

»Eine miese Geschichte.«

»Ja. Aber sie hat ihn ermordet.«

»Im Affekt?«

»Wer weiß. Vor Gericht wird es schwerwiegen, dass sie sich die Zwille gebaut und die Kugeln besorgt hat. Das wird als Beweis für einen Vorsatz genutzt werden.«

Lotte sah das anders.

»Sie hat die Sachen nur besorgt, weil sie sein Kunstwerk zerstören wollte.«

Selin wollte ihr gerne zustimmen, aber konnte das nicht.

»Aber du hast gehört, wie sie über ihre eigene Kunst gesprochen hat. Ich bin mir nicht sicher, ob für sie je ein Unterschied zwischen Räuber und seinem Werk bestanden hat.«

# 43

Lotte dankte dem netten Steward, der ihr geholfen hatte, ihr Handgepäck zu verstauen, und lehnte sich in ihrem Sitz zurück. In wenigen Minuten würde der Flieger abheben und sie nach Florenz bringen. Nach den letzten Tagen auf Schloss Bucheneck freute sie sich darauf, abends auf der Terrasse zu sitzen, ein Glas Rotwein zu trinken und den Glühwürmchen zuzusehen. Das Flugzeug rollte an seine Startposition, und die Flugkapitänin ließ die Turbinen anlaufen. Lotte hielt die Luft an, bis alle Räder die Startbahn verlassen hatten, und genoss das Gefühl, in ihren Sitz gepresst zu werden. Anders als Hannes, der im Flugzeug immer zu einem einzigen Nervenbündel geworden war, liebte sie es zu fliegen. Sie hatte vor Jahren auch kurz mit dem Gedanken gespielt, einen Flugschein zu machen. Nur Hannes' entsetztes Gesicht hatte sie davon abgehalten. Als sie die Flughöhe erreichten und die Anschnallzeichen erloschen waren, hörte sie hinter sich eine Stimme. Eine sehr vertraute Stimme.

»Tomatensaft? Ganz ehrlich, wer, außer irgendwelchen Touristen, bestellt denn ernsthaft Tomatensaft in einem Flugzeug?«

Und auch die zweite Stimme erkannte sie sofort.

»Ich. Zum einen bin ich ein Tourist. Und du auch, egal, wie sehr du dich als moderne Version von Mata Hari verkleidet hast. Und zum anderen ist wissenschaftlich erwiesen, dass ab einer bestimmten Flughöhe die Geschmacksnerven auf die veränderte Umgebung reagieren und daher stärkere Reize brauchen.«

»Dann bestell dir einen Kaffee oder was auch immer, aber ausgerechnet Tomatensaft?«

»Ich will aber keinen Kaffee, sondern einen Tomatensaft. Wusstest du, dass die Tomate zu den Nachtschattengewächsen gehört und damit auch mit der Tollkirsche, der Alraune oder dem Tabak verwandt ist? Und dass Tomaten erst als Zierpflanzen genutzt wurden, weil man dachte, sie seien giftig? Es gibt erst relativ spät Nachweise, dass man sie als Gemüse genutzt hat. In Italien natürlich, was aber auch mit dem Klima zu tun hat, denn bei uns wachsen sie ja eigentlich nur in Gewächshäusern. Und weißt du, dass Tomaten und Hummeln eine lange gemeinsame Geschichte haben …«

Lotte verdrehte die Augen. Nur wenig später hörte sie eine andere aufgeregte Stimme. Einige Reihen vor ihr war eine Frau aufgestanden und hatte sich mit rotem Gesicht zu einem weiteren Mitreisenden heruntergebeugt, dessen Körper von seiner Sitzlehne vor Lottes Blicken verborgen war.

»Entschuldigen Sie, ich hoffe, ich störe Sie nicht. Aber Sie sind es, oder? Ich habe zu meiner Tochter schon am Flughafen gesagt, dass Sie mir so bekannt vorkommen. Ich hab zu ihr gesagt: Das ist er. Das Gesicht würde ich überall erkennen. Könnte ich ein Autogramm bekommen? Für Stefanie, ja genau. Oh, vielen Dank, danke schön!«

»Hast du die ältere Dame in Reihe fünf gesehen?«

Die Stewardess stand neben ihrem Kollegen in der kleinen Bordküche und belud ihren Wagen.

»Die mit den bunten Turnschuhen und den weißen Haaren?«

»Ja. Ich hoffe, es geht ihr gut.«

»Was ist denn?«

»Sie lacht und weint gleichzeitig. Seit sicherlich mehr als einer Minute geht das schon so.«

»Vielleicht hat sie Flugangst?«

»Beim Start war sie völlig entspannt.«

»Ich schaue gleich nach ihr. Vorher bringe ich dem kleinen Mann seinen Tomatensaft. Und seine Begleitung! Hast du ihre Handtasche gesehen, eine Tote Bag von Prada! Und sie will lieber einen Wermut.«

»Stilvoll. Das passende Getränk zur Tasche.«

»Übrigens haben wir Promialarm.«

»Ach ja? A, B oder C?«

C-Promis waren nicht selten, B-Promis schon einen Blick wert, und bei A-Promis mussten sie auslosen, wer von ihnen bedienen durfte.

»Ich würde sagen, ein B. Früher auf jeden Fall ein A. Chris Christiansen.«

»Wer?«

»Dr. Himmel – du weißt schon.«

Die Stewardess summte eine Melodie und wurde von ihrem sicherlich zehn Jahr jüngeren Kollegen nur verständnislos angeschaut.

»Egal. Dann bring du Saft und Wermut raus, ich schaue nach der Dame mit den Turnschuhen.«

Und wenn sie schon dabei war, konnte sie dann auch gleich einen Blick auf Dr. Himmel werfen. Ihre Mutter würde jede Einzelheit wissen wollen. Doch als sie am Platz der weißhaarigen Frau angekommen war, sah sie, dass diese mit einem friedlichen und entspannten Lächeln eingeschlafen war.

# Ausblick

Jaro war nach Lottes Anruf in den nächsten Zug gestiegen und zurück nach Bucheneck gekommen. Nun stand er neben Jenny in der Senke und sah sich kopfschüttelnd um. Warum in aller Welt war ihm das nie aufgefallen? Er war so mit der Geschichte der Grabsteine beschäftigt gewesen, dass er die fast rechteckige Senke einfach als Laune der Natur hingenommen hatte. Und natürlich taten die Büsche und Ranken das Ihrige dazu, die Form der kleinen Waldlichtung zu verschleiern.

Jenny hatte ihn am Bahnhof in Rostock abgeholt, und er hatte auf einen Zwischenstopp bei einem großen Baumarkt bestanden.

»Warum gibt es so etwas in einem Baumarkt?«

Jenny hielt in ihren Händen die Endoskopkamera, während Jaro damit beschäftigt war, an der gleichen Stelle wie zuvor Selin die Erde abzutragen.

»Weil man damit in Rohrleitungen schauen kann und nicht gleich die ganze Wand aufreißen muss. Und weil Baumärkte nichts anderes sind als Spielzeugläden für Erwachsene.«

Die Endoskopkamera bestand aus einem kleinen Bildschirm und einem langen Schlauch, an dem vorne ein helles Licht angebracht war. Mithilfe der kleinen Kamera in der Spitze des Schlauches würden sie hoffentlich einen ersten Blick auf das werfen können, was unter den Grabsteinen versteckt lag.

Jaro hatte genug Erde abgetragen und sah nun eine Art Einfassung aus Beton, am inneren Rand mit Metall verstärkt, und eine Abdeckung aus Holz. Aus dem Rucksack zog er einen langen Schraubenzieher und bohrte ihn vorsichtig in das Holz. Stück für Stück kam er tiefer, bis kein Widerstand mehr zu spüren war.

»Ich glaube, ich bin durch. Jetzt die Kamera.«

Jenny hatte sich neben ihn gekniet, und gemeinsam sahen sie auf den Bildschirm, während Jaro den Schlauch tiefer in das Loch schob. Zuerst war nichts zu sehen, dann …

»Stopp.«

Jenny zeigte auf den Bildschirm.

»Das ist ein richtiger Raum, oder? Da stehen Kisten.«

Jaro schob immer mehr Schlauch durch das kleine Loch. Die Aufnahmen, die die Kamera machte, waren unscharf, aber auch er konnte erkennen, dass sie einen Raum vor sich hatten, eine Wand aus Beton, einige Kisten, die an der Wand aufgestapelt waren. Er versuchte jetzt, den Schlauch etwas mehr nach rechts zu bewegen, und wandte den Blick vom Bildschirm ab, als Jenny neben ihm plötzlich leise aufschrie.

»Oh! Das ist …«

Sie brach ab und schüttelte den Kopf. Ihre Stimme zitterte.

»Schau selbst.«

»Dann musst du den Schlauch halten.«

Sie tauschten die Positionen, und Jaro griff nach dem Bildschirm.

Das, was er sah, ließ ihn erbleichen. Er sah Jenny an, die zwar auch blass war, aber den Schlauch erstaunlich ruhig hielt. Er räusperte sich.

»Die Luft darin muss sehr trocken sein.«

Denn anders war nicht zu erklären, dass die Kamera die zwar unscharfen, aber klar zu erkennenden Umrisse einer mumifizierten Leiche zeigte.

»Ich rufe Selin an.«

Jenny war aufgestanden und suchte in ihrer Umhängetasche nach ihrem Handy. Jaro starrte weiterhin auf den Bildschirm und ließ ihn und den

Schlauch dann seltsam vorsichtig auf den Boden sinken. Er griff nach Jennys Hand, stand auf und zog sie, trotz ihrer Verwirrung, mit eisernem Griff weg von der Stelle, wo sie eben noch gesessen hatten. Weg von den Steinen, weg von der Senke, mit immer größeren Schritten weg, nur weit weg. Dann, kurz bevor der Weg aus dem Wald in den Park des Schlosses führte, blieb er stehen.

»Jetzt ruf sie an. Und sag ihr, dass wir nicht nur eine ziemlich alte Leiche haben, sondern auch ziemlich alte Munition. Sehr, sehr viel alte Munition. Sie soll den Kampfmittelräumdienst mitbringen.«

Erst dann merkte er, wie seine Beine weich wurden, ihm der Schweiß ausbrach und die Welt sich zu drehen begann.